Llora por el amor 4

Nueva era

von

Jaliah J.

Impressum

Alle Rechte am Werk liegen beim Autor
J., Jaliah
Llora por el amor 4
Nueva era

Berlin, Dezember 2015
Erstauflage
Lektorat: Günter Bast, Theresa
Cover/Bildgestaltung: Klaud Design – Marie Wölk

Herstellung und Verlag:
BoD - Books on Demand, Norderstedt

ISBN: 978-3-7392-0698-1

www.jaliahj.de

Dieses Buch ist einzig und allein aus dem Grund entstanden, weil es so viele liebe Leser der Llora por el amor-Reihe gibt und täglich neue dazukommen, die die Personen in den Büchern, deren Leben und alles, was sich rund um die Trez Puntos und die Les Surenas abspielt, lieben.

Ich habe mich dazu entschlossen eine neue Wendung einzubauen, sodass man damit sagen kann, dass es noch einige Bücher mehr zu den Familias geben wird.

Vielen Dank an alle, die es ermöglicht haben meinen Traum zu leben, das Buch ist für die Leser, die diese verrückte Welt so sehr in ihr Herz geschlossen haben.

Les Surenas

LA S

Ramon & Jennifer	Rodriguez & Melissa	Pacc
Miguel, 21 Jahre Sami, 20 Jahre	Dilara, 17 Jahre Damian, 14 Jahre	

Chico & Adriana	Ramos & Juana	Mano & Gabriella	Hernandez & Elena	Jos
Jesus, 10 Jahre Omar, 6 Jahre	Adora, 12 Jahre	Nesto, 14 Jahre	Kasim, 15 Jahre Marina, 13 Jahre	

RRA

Trez Puntos

       &   Bella   Juan & Sara

Leandro, 16 Jahre   Sanchez, 15 Jahre
Latizia, 14 Jahre   Ciro, 13 Jahre

Miko & Sam   Raul & Eva   Pepo & Danijela   Tito & Lucia

Enrique (Rico), 14 Jahre   Estefania, 14 Jahre   Saul, 12 Jahre   Prince (PJ), 13 Jahre
Abelia, 12 Jahre   Yara, 11 Jahre

Kapitel 1

Paco sieht auf sein Grundstück hinunter, es ist erst vor zwei Jahren komplett renoviert worden, doch egal wie sehr es äußere Veränderungen gibt, es wird sich niemals ändern, wofür diese Mauern stehen. Es ist der Kern, das Herz des Les Surenas-Gebietes. Hier regieren sie seit so vielen Generationen und auch wenn sich ihre Struktur mittlerweile grundliegend geändert hat, das wird immer so bleiben.

Es hat sich vieles geändert, sie haben es aufgegeben, den Titel des Anführers umherzureichen. Sie alle haben jetzt Familie, sie alle eine andere Verantwortung, als sie es hatten, als sie jünger waren. Deswegen sind sie auch – wie es ihnen mit ihrer Geburt in die Wiege gelegt wurde – alle Anführer. Die drei Surena-Brüder, auch wenn Paco es immer mit etwas Wehmut betrachtet, jeder von ihnen ist nun älter geworden, doch er kann sich nicht vorstellen, jemals seinen Platz an die jüngere Generation abzugeben.

Er sieht in der Scheibe seinen durchtrainierten Körper und erkennt zufrieden, dass es auch nicht nötig ist, er ist fitter als jemals zuvor. Schlanke Finger legen sich von hinten um seine Schultern, und die Lippen, von denen er nie genug bekommen wird, küssen seinen Hals. »Worüber denkst du nach?«

Paco nimmt die Hände seiner Frau in seine Hand und küsst sie. Schon lange ist sein Kampf gegen seine tiefen Gefühle für Bella vorbei, der einzige Kampf, den er jemals verloren hat.

»Darüber, wie ich dich noch für eine halbe Stunde zurück ins Bett bekommen kann.« Mit diesen Worten dreht sich Paco schnell um, doch Bella ist schneller und entzieht sich ihm lachend. »Nichts da, die Schule ist zu Ende, und ich habe gehört wie ...«

»Paco du Sack, wo steckst du?« Chicos Stimme durchdringt die vormittägliche Stille, die eher selten herrscht in ihrem Haus. Bella deutet zur Tür. »... Ein Auto angekommen ist«, beendet Bella den Satz, bevor sie lachend aus der Tür geht und Paco ihr folgt. Chico steht unten an der Treppe und zieht eine Grimasse, als er sie aus dem Schlafzimmer kommen sieht.

»Hatten wir nicht ein Verbot für solche Sachen ausgesprochen? Wir haben genug Kinder, um einen ganzen Kindergarten zu füllen!« Bella lacht und nimmt Chico den 6-jährigen Omar aus dem Arm. Chicos Sohn ist der jüngste Nachkomme der Surenas. Sie alle haben jetzt Kinder, und manchmal wirken die Treffen mehr wie ein Kindergeburtstag als ein Familia-Treffen. Adriana und Chico haben sich am längsten Zeit gelassen und Omar ist nach seinem 10-jährigen Bruder Jesús der bisher letzte Surena.

Alles hat sich geändert, da Bella wieder die Leitung des Kindergartens übernommen hat, nachdem der Besitzer Aman, der Paco immer ein Dorn im Auge sein wird, weggezogen ist und ihr die Stelle wieder anvertraut hat. Sobald ihre Tochter Latizia selbst in das Alter kam, um in den Kindergarten zu gehen, sind die kleinen Kinder der Trez Puntos und Les Surenas immer alle in den Kindergarten zu Bella gegangen.

Auch die Grundschule ist nicht mehr so ein Problem, sie alle gehen auf die Grundschule in Sierra. Miguel und Sami haben die ersten Jahre noch Privatunterricht bekommen, seit aber alle Kinder haben, sorgen nun die Familias für den Schutz auf der Grundschule. Das Problem der Oberschule ist noch nicht geklärt.

Paco wäre es lieber, dass alle zusammen die Oberschule besuchen, doch es gibt keine in Sierra. So gehen die Kinder der Les Surenas wie auch sie schon in die Oberschule der Nachbarstadt des Surena-Gebietes und die Kinder der Trez Puntos in die Schule am Punto-Gebiet.

Wirklich Gedanken macht sich Paco darüber erst, seit seine Tochter älter wird und er die Blicke der Jungs auf seinem kleinen Engel bemerkt. Seitdem versucht er, sie so oft wie nur möglich von der Schule abzuholen, was Bella wütend macht, weil sie der Meinung ist, Paco überwacht ihre Tochter zu sehr und dass sie mehr Freiheit braucht.

Er kann darüber nur lachen, Freiheit hat sie bei ihnen im Surena-Gebiet unter seinen wachsamen Augen und denen ihrer Onkel. Er kennt schließlich die Gedanken der Jungs.

Bella geht mit Omar in Richtung Küche und schenkt Paco noch ein Lächeln, als die Tür mit einem lauten Knall ins Schloss fällt und Leandro, Damian, Rodriguez' Sohn und Kasim, Hernandez' Sohn zur Tür hereinkommen. Die drei sind nicht zu trennen, normalerweise sind Sami und Miguel noch dabei, doch die sind schon mit der Oberschule fertig und studieren auf Wunsch von Jennifer noch auf der Uni hier in Sierra, wo auch Bella und Sara hingegangen sind.

Paco, Rodriguez und ihr ältester Bruder Ramon wissen, dass es unsinnig ist, da sie alle eh eines Tages ihre Geschäfte übernehmen, doch weil die Frauen darauf bestehen und sie selber noch die Geschäfte leiten, lassen sie den Frauen ihren Willen, auch wenn es ihnen nicht passt. Miguel ist der Älteste von allen, an seinem 18. Geburtstag hat er die Surena-Plaka bekommen.

Paco und Rodriguez stört das alles aber immer mehr. Sie waren viel jünger, schon mit 14 waren sie voll und ganz in die Familia eingebracht, sie alle hatten die Plakas schon viel früher, doch die Zeiten haben sich geändert. Sie haben viel früher ihre Kinder bekommen als ihre Väter, viele der Anführer sind damals getötet worden, und die Jungen haben schnell das Kommando übernommen. Nun sind sie alle noch da und noch viel zu sehr dabei, um ihre Söhne ranzulassen. Zudem haben sie alle Frauen, die ihre Kinder so gut es geht aus den Geschäften herauszuhalten versuchen.

Seine Frau Bella hat das schon immer getan, auch wenn sie eine der wenigen ist, die mit den Familias groß geworden ist. Rodriguez' Frau Melissa und Chicos Frau Adriana haben zu schlechte Erfahrungen gemacht und würden genau wie Ramons Frau Jennifer am liebsten die Kinder ganz daraus halten.

Es wird immer öfter bei ihren Treffen besprochen, dass dies langsam zum Problem wird, die Jungs müssen vorbereitet werden, Erfahrungen machen, doch keine der Frauen will das zulassen.

Bei den Trez Puntos sieht es nicht viel besser aus, auch sie haben viel Nachwuchs und noch keiner ist wirklich in die Familia eingebunden, auch wenn Juan seine Söhne und Pacos Neffen Sanchez und Ciro mehr vorbereitet als alle anderen.

Paco hat sich fest vorgenommen das alles zu ändern. Er würde seinem Sohn die Plaka am liebsten auch schon jetzt verpassen. Leandro ist 16, doch bei ihm stellt sich sofort die Frage, welche Plaka. Durch Bella ist er auch ein halber Punto. Paco hätte sich damals, als die Zwerge noch über den Rasen gewankt sind, niemals vorgestellt, dass dies alles zu so einem großen Problem wird.

Chico begrüßt die drei Jungs als erstes, erst dann sieht auch Paco unter Leandros Augen einige Schrammen und eine blaue Verfärbung. Auch wenn Bella seinen Sohn mit ihrer Liebe überhäuft und streng nach seinen Hausaufgaben sieht, Pacos wildes Blut fließt durch Leandros Adern. Nicht nur das, Miguel, der älteste Sohn von Ramon, Leandro und auch Damian, Rodriguez' Sohn, sind ihren Vätern wie aus dem Gesicht geschnitten.

Nur dass Leandro Bellas grüne Augen hat, doch er hat seinen Spitznamen Mini-Paco, den er vom ersten Tag an hatte, nie verloren, auch wenn der Mini von damals mittlerweile genauso groß wie sein Vater ist. Die Frauen sehen sich manchmal Bilder an und bestaunen die Ähnlichkeit, die die drei mit ihren Vätern haben. Die Anführer der Les Surenas lehnen sich nur entspannt zurück und wissen, dass die neue Generation bereit ist, man muss sie nur noch lassen.

Da Leandro nicht unglücklich über sein blaues Auge zu sein scheint, mustert Paco seinen Sohn nur streng. »Wie sieht der andere aus?« Leandro schnalzt die Zunge, was er sich von seinem Onkel Miko angewöhnt hat.

»Er hat in der Schule herumerzählt, er hätte Dilara geküsst und angefasst, ich denke es dauert eine Weile, bis er wieder etwas herumerzählen kann!« Paco liebt das freche Grinsen seinen Sohnes und Chico lacht leise, während Damian wütend zu seinem Cousin sieht. »Sie ist meine Schwester, das nächste Mal erledige ich das!«

Kasim lacht laut auf. »Du warst mit Estelle in der Bücherei verschwunden, wir wollten dich nicht stören.« Leandro lacht ebenfalls. »Du bist mir jetzt die Nummer ihrer Schwester schuldig, außerdem kann ich immer noch 2 Kilo mehr als du stemmen, vergessen?« Er haut seinen Cousin mit der Faust auf den Arm, doch Damian zuckt nicht einmal mit der Wimper. »Darauf kommt es nicht an. Ich lege die Woche ein paar extra Stunden im Cielo ein und dann überprüfen wir das nochmal!«

Mittlerweile ist das alte Cielo, die Junggesellenbude von Chico, Miko und den anderen, in die Hände der jungen Wilden geraten, die sich dort mit Mädchen treffen und ein halbes Fitnessstudio eingerichtet haben. Sie wollen so den immer wachsamen Augen der Mütter entkommen. Auch Paco, Miko und die restlichen Männer verschwinden immer mal wieder für ein paar Stunden in den Männerhimmel, um mit den Jungs auf Spielkonsolen zu zocken oder einfach wie früher herumzuhängen.

Paco sieht sich kurz das Auge seines Sohnes an und schickt ihn dann unter Chicos Lachen weiter. »Na los, haut schon ab, bevor deine Mutter dich sieht!« Erst als er sich an Chico wenden will, fällt ihm etwas ein und er ruft die drei nochmal zurück. Meistens holt sie immer irgendeiner von ihnen ab, doch wenn nicht, kommen alle zusammen aus der 20 Minuten entfernten Schule, Leandro lernt erst gerade das Autofahren.

»Wo ist deine Schwester?« Sein Sohn räuspert sich kurz, jeder weiß, dass Paco keinen Spaß versteht, wenn es um seine Princessa geht. »Latizia wollte noch etwas in der Bibliothek nachsehen, sie kommt sicher später mit Dilara, die hat heute länger Schule.« Paco nimmt seinen Autoschlüssel, sie haben eh noch ein Treffen der Familias. »Geht zu Rodriguez und fahrt mit ihm zu Juan, wir haben ein neues Geschäft vor und ihr seid bei der Besprechung dabei!«

Er braucht nicht zu warten, ob die drei jungen Männer seiner Aufforderung nachkommen, er weiß, sie würden nie daran denken, dies nicht zu tun. Paco geht schnell in die Küche und gibt Bella einen Kuss auf den Nacken. Als er sieht, dass sich sofort eine Gänsehaut auf ihrer Haut bildet, lächelt er an ihren Hals.

»Wir sind weg cariño, wir fahren zum Punto-Haus, ich nehme die Jungs mit und hole vorher Latizia ab.« Bella dreht sich um, doch als Chico Omar nehmen will, schüttelt sie den Kopf. »Ich muss noch einmal zur Kita und nehme ihn mit, danach fahre ich zu meiner Mutter. Lass mir das Baby der Familia!«

Chico lacht und Bella sieht ihren Mann warnend an. »Latizia findet den Weg von der Schule hierher schon alleine.« Paco hat keine Lust auf Diskussionen und gibt ihr noch einen Kuss und Omar einen auf seinen Wuschelkopf. Den Haarwuchs hat er von seiner Mutter. »Ich bezweifle nicht, dass sie das schafft.« Mit diesen Worten verlassen Chico und er das Haus und steigen ins Auto. »Hast du gehört, für was sie die Bibliothek benutzen?« Chico lacht nur laut und schüttelt den Kopf. »Deine beiden Frauen haben dir schon immer den Verstand geraubt!«

Auf dem Weg zur Schule rätseln Paco und Chico über den Grund für das heutige Treffen, Santana hat es einberufen. Auch wenn Santana nicht in die Trez Puntos hineingeboren wurde, hat er sich in den letzten Jahren sicher einen Platz in den engeren Kreisen verdient. Die Trez Puntos haben nach Sanchez' Tod nur noch 5 Männer in den engeren Kreisen gehabt, Juan, Miko, Pepo, Raul und Tito.

Tito hat die ersten Jahre in New York gelebt, doch als ihr Sohn Prince, der nur PJ genannt wird, geboren wurde, hat Tito es nicht mehr ausgehalten und sie sind nach Sierra zurückgekommen. Lucy kümmert sich mittlerweile um den Papierkram der Familias und da ihre Geschäfte sich so ausgebreitet haben, ist das so viel, dass Sam und Gabriella, die Frau von Mano, ihr dabei helfen. Sie sind eine große Familia, und keiner kommt so schnell in diese hinein, doch Santana hat es geschafft.

Er hat mehr als einmal bewiesen, dass man ihm vertrauen kann. Bei einem Hinterhalt, in den sie zwei Jahre nach der Sache mit den Rónas in Kolumbien geraten sind, hat er Miko und Hernandez das

Leben gerettet, als sie zu einem Geschäftstermin kamen und von einer kleinen Gang abgefangen und angegriffen wurden. Es war nur der Überraschungseffekt, den die andere Gang hatte.

Er hat zwei von ihnen das Leben gekostet, Kasim und Sammy, Pacos Cousins sind an dem Tag gestorben. Santana, der die vier begleitet hatte, hat sich schnell vor Miko und Hernandez gestellt, mit seinen fast zwei Metern Länge und seiner breiten Brust hat er zwei Kugeln abgefangen, die für beide den Tod bedeuten sollten.

Er hat die Kugeln überlebt und das Vertrauen der Familias gewonnen. Wenn Paco an diese Zeit denkt, wird ihm immer noch übel. Sie haben gemerkt, dass, auch wenn sie die beiden gefürchtetsten Familias sind, sie nicht unverwundbar sind, und sie haben doppelt so viele Feinde wie Freunde.

Auch wenn es seitdem etwas ruhiger zugeht und sie ihre Geschäfte nur noch in Puerto Rico und mit ausgewählten Leuten machen, es bleibt ihnen allen für immer im Hinterkopf.

Deswegen will er seine kleine Prinzessin auch nicht aus den Augen lassen, sie ist anders als alle anderen. Latizia kommt ganz nach ihrer Mutter, jeder vergöttert sie, Leandro ist dunkel wie Paco, Latizia ist so hell wie die Mutter, sie hat genauso helle Haare wie Bella, dafür die dunklen Augen von ihm. Sie ist so zart und zerbrechlich und das nicht nur äußerlich. Er hat gedacht, sie wird genau so ein Sturkopf wie ihre Mutter, doch das ist sie nicht, sie ist ruhig und einfach nur lieb.

Wenn alle Kinder im Garten gespielt haben, saß sie immer daneben, hat gelesen oder einfach nur zugesehen. Paco hat sie sich noch nie streiten gehört, noch nie hat sie jemandem ein Widerwort gegeben und jeder sieht sie als kleinen Engel an. Ihr großes Herz schlägt vor allem für Tiere. Nachdem Pitty gestorben ist, haben so zwei weitere Hunde und drei Katzen den Weg zu ihnen gefunden und alle haben sie etwas. Der eine Hund hat ein Bein verloren, zwei Katzen haben Krebs.

Paco will diese ganzen Viecher nicht im Haus haben, aber noch nie konnte er Latizia einen Wunsch abschlagen, sie hat nicht viele, und er würde ihr jeden erfüllen. Also sieht er über die Tiere weg, über die er ständig stolpert. Er hat nichts gesagt, als sie sich eines Jungen aus ihrer Klasse angenommen hat, der eine Leseschwäche hatte und Latizia täglich mehrere Stunden mit ihm geübt hat, auch wenn er dafür kaum mehr Termine wahrnehmen konnte, weil er die beiden im Auge behalten musste.

Auch wenn es ein 10-jähriger mit einer Leseschwäche war, es war ein Junge und er weiß, wie Jungs denken. Paco hat darüber hinweggesehen, dass Latizia durch die Häuser der Familie gegangen ist, um von jedem Sachen aus dem Kleiderschrank zu nehmen, um sie in Kriegsgebiete zu schicken und auch, dass sie sich selber immer nach hinten stellt, um anderen Menschen zu helfen.

Wenn er sich Sorgen wegen ihres Verhaltens macht, lächelt Bella nur, die ihre beiden Kinder vergöttert. »Sie ist ein Engel, Paco, nimm sie einfach so wie sie ist!« Das tut er, er gibt sich alle Mühe, doch seit sie älter wird und immer schöner, würde er sie am liebsten zu Hause einsperren.

Als sie auf den Parkplatz kommen, steht Dilara mit einer Freundin bei einem Auto und sie scheinen sich zu amüsieren. Dilara ist das älteste Mädchen der Familia. Melissa, die Frau seines Bruders Rodriguez hat sie mit in die Ehe gebracht, aber sein Bruder liebt Dilara, als wäre sie seine eigene Tochter, auch alle anderen lieben sie sehr. Sie gehört zu ihnen. Paco dreht sich der Magen um, wenn er die Blicke der anwesenden Jungs auf seiner 17-jährigen hübschen Nichte sieht.

Er weiß, dass Rodriguez täglich Diskussionen mit ihr hat wegen ihrer Klamotten und wo er sie jetzt so sieht mit ihren langen schwarzen Locken und dem kurzen Sommerkleid, kann er seinen Bruder voll und ganz verstehen.

Paco knallt extra laut die Autotür zu, damit auch jeder der Anwesenden ihr Ankommen bemerkt. Es hat manchmal seine Nachteile, dass ganz Puerto Rico sie kennt und fürchtet, oft Vorteile, wenn er jetzt in die eingeschüchterten Gesichter der Jungs sieht, als er und Chico direkt auf Dilara zugehen. Paco gibt seiner Nichte einen Kuss auf die Wange, und Chico legt den Arm um das Mädchen, was früher immer auf seinem Bauch eingeschlafen ist.

»Wie lange hast du schon Schulschluss?« Dilara zuckt die Schultern und lächelt zu ihrem Onkel, er hat das Gefühl, die Frauen in ihrer Familie nehmen sie alle nicht ganz ernst. »Wir durften ein paar Minuten früher gehen, ich warte hier auf Latizia, sie sucht noch etwas in der Bibliothek.« Das war Pacos Stichwort und er geht in das rote Backsteingebäude, was neben den großen Schulkomplex steht, während Chico bei Dilara bleibt.

Paco findet seine Tochter mit einem Jungen an einem Bücherregal stehend vor, beide sehen so aus, als würden sie darin etwas suchen, doch sie stehen viel zu nah beieinander. Als Paco zu ihnen tritt, drehen sich beide zu ihm, und er sieht in Latizias Augen, dass sie am liebsten laut aufseufzen würde, dass ihr Vater sie wieder suchen gekommen ist, aber sie lächelt und gibt ihm einen Kuss. »Papa, was tust du hier?«

Paco sieht zu dem jungen Mann und erkennt sofort, dass er aus einer einfachen Familie kommt und er ihn auch schon öfter gesehen hat. »Ich suche dich, was soll ich sonst hier tun? Wieso bist du nicht mit deinem Bruder und deinen Cousins nach Hause gekommen?«

Latizia bleibt ganz ruhig wie immer und zeigt auf den Jungen. »Piedro und ich haben heute eine Partneraufgabe bekommen. Wir haben eine Woche Zeit, die Auswirkungen des Klimawandels für die nächsten Jahre zu schätzen. Wir wollten ab morgen nach der Schule zusammen in der Bibliothek dafür arbeiten, wir suchen gerade nach Büchern dafür.« Paco zieht die Augenbrauen zusammen und mustert den Jungen, immer kommt ihm die Schule in die Quere.

»Wer ist deine Familie, ich kenne dich doch, oder?« Der Junge sieht ihn eingeschüchtert an und das ist gut so. »Meinem Vater gehört die Fleischerei in dem Einkaufscenter, Sie kaufen öfter bei uns ein, von da denke ich.« Paco nickt, er erinnert sich, er mag Piedros Vater, es ist ein guter Mann, und er sollte nicht darunter leiden, dass er seinen Sohn einen Kopf kürzer macht, weil er Latizia zu nah gekommen ist.

»Ihr solltet nicht nach der Schule noch so viel lernen, du musst nach der Schule was Richtiges essen, wozu soll das gut sein? In Puerto Rico ist es fast immer heiß und fertig!« Mit diesen Worten will Paco mit seiner Tochter gehen, doch Latizia lächelt nur verständnisvoll und bekommt diesen Blick. Paco hasst es, das kann sie genau wie ihre Mutter, es gibt diesen Blick, bei dem er immer einknickt. »Dann lernen wir morgen nach der Schule bei uns oder ich gehe mit zu ihm.«

Paco kneift die Augen zusammen, er wird aus der Sache nicht herauskommen und Latizia hat nichts bei einer fremden Familie im Haus verloren. »Schön, dann macht das bei uns … im Garten, am Tisch, in der Mitte des Gartens … da könnt ihr am besten das Klima diskutieren!«, knurrt er förmlich und Latizia winkt Piedro zufrieden zum Abschied noch einmal zu, als die danach die Bibliothek verlassen.

Latizia umarmt Chico und setzt sich mit Dilara nach hinten, wo sie gleich zu tuscheln beginnen, bis Chico Latizia ausfragt, wieso sie länger in der Schule war und Paco anschließend das Grinsen aus Chicos Gesicht und seine Bemerkungen, dass Paco die nächsten Tage nun schwer beschäftigt sein wird, am liebsten überhören und übersehen würde.

Sie fahren direkt ins Punto-Gebiet. Paco hält vor dem Cielo, er kennt die Jungs, sie landen immer hier. Er steigt schnell aus und findet gleich am Eingang Enrique und Nesto vor. Mikos Sohn und der Sohn seines besten Freundes Mano versuchen schnell eine Zigarette unauffällig verschwinden zu lassen.

Paco muss grinsen, diese Jungs denken wirklich, sie könnten ihn täuschen. Er gibt Nesto einen Schlag auf den Nacken und sieht Enrique sauer an. »Denkst du, ich sehe das nicht, Rico?« Der Sohn von Miko zieht sein Cap ab. »Wir haben doch ... also wir wollten nur...« Paco deutet in Richtung Punto-Haus.

»Geht zum Haus, es gibt gleich eine Besprechung, es wird Zeit, dass ihr Männer werdet!« Mit diesen Worten geht er ins Cielo, wo er Leandro, Damian, Sami, Kasim und Sanchez Playstation spielend vor dem Fernseher vorfindet und sie ebenfalls ins Punto-Haus schickt. Er fragt nach Miguel, doch der soll mit Ramon schon da sein. Also fährt er weiter zum Haus seiner Schwiegermutter, neben dem direkt Juan und Sara ihr Haus haben.

Juan kommt gerade aus dem Haus und hat noch einige Teigtaschen in der Hand, für die Bellas Mutter bekannt ist. Juan küsst seine Nichte Latizia liebevoll auf die Wange, genau wie auch seine Schwester vergöttert er sie. Er selber hat zwei Söhne und hat sich immer mit um die Mädchen der Familia gekümmert.

Als er Dilara einen Kuss gibt, holt er ein Handy aus seiner Hosentasche und gibt es ihr. »Hier, das hast du dir doch gewünscht.« Dilara fällt ihrem Onkel um den Hals und bedankt sich überschwänglich. Die beiden Mädchen gehen zu Sara und der Mutter in den Garten und Paco mit seinem Schwager zum Punto-Haus.

»Rodriguez wird dich umbringen, sie soll nicht immer so verwöhnt werden!« Juan lacht und bietet ihm eine Teigtasche an. »Er hat mich darum gebeten, er hat sich wieder an den Peilsender erinnert, den du damals Bella ins Handy hast einbauen lassen.« Paco beißt ab und muss lachen, sein Bruder ist der Beste. »Latizia braucht auch mal wieder ein neues Handy!«

Als sie im Punto-Haus eintreffen, sitzen alle im Garten um den großen Tisch herum, die Jungs etwas abseits zusammen und reden, doch als Paco und Juan reinkommen, sehen alle auf. Juan setzt sich und Paco stützt sich auf den Tisch. Er sieht sie alle einmal an.

Ramon, Rodriguez, Chico, Josir, Ramos, Mano, Hernandez, Juan, Miko, Raul, Tito, Pepo und Santana. Dann zu der jungen Generation. Miguel, Sami, Damian, Nesto, Kasim, Leandro, Sanchez und

Enrique. Alle männlichen direkten Nachkommen der Surenas und Trez Puntos sind da. Es fehlen nur die noch zu jungen Omar, Jesús, Ciro und Prince.

Stolz erfüllt ihn, diese Familias werden nie ihre Macht verlieren, dafür werden sie alle sorgen.

Kapitel 2

Paco sieht sich die Unterlagen genau an, die Santana ihnen vorgelegt hat, Miko neben ihm nimmt sie als nächstes entgegen. Natürlich sind die Zahlen sehr gut, die da aufgelistet sind, es hört sich alles perfekt an, doch er sieht, dass es außer Santana niemand an ihrem Tisch auch nur in Erwägung zieht.

Rodriguez schmeißt das Papier, was er in der Hand hat, abwertend auf den Tisch zurück und Paco weiß genau warum. Juan räuspert sich. »Das hört sich alles gut an, normalerweise wären wir sofort dabei, wir erledigen unsere Geschäfte aber nur noch innerhalb von Puerto Rico, die vergangenen Jahre haben gezeigt, dass es besser so ist!«

Santana nickt und sieht in die Runde. »Das ist mir klar, ich kenne auch die Gründe dafür, und ich bin der Letzte, der dafür ist, dass sich das ändert, aber in diesem Fall ist es anders. Es geht nicht darum, Geschäfte mit einer anderen Familia zu machen, die Les Surenas und Trez Puntos sind zu groß und mächtig, um sich auf Deals mit anderen einzulassen, das wird niemals gut gehen, das haben die Aktionen der Kolumbianer gezeigt.

Doch hier liegt es anders, es ist keine andere Familia, mir der wir Geschäfte machen, es sind Puertoricaner, die Geschäfte in Kolumbien haben. Sie brauchen Waffen und Kontakte, die nur wir ihnen besorgen können. Sie wissen, dass wir die Besten sind und haben sich an uns gewandt. Ihre Geschäftsketten sollen sich über ganz Kolumbien verteilen. Seit ihr die Rónas vernichtet habt, gibt es keine größeren Familias mehr in Kolumbien.

Es sind immer nur kleine Gruppen, die sich mit dem Erpressen von Geschäftsleuten am Leben halten. Die zwei Männer, die sich an uns gewandt haben, sind bereit viel zu investieren, damit ihre Geschäfte dort verschont bleiben.«

Es ist ruhig, man merkt, dass jeder das Für und Wider in seinem Kopf abwägt. Chico nimmt die Blätter noch einmal in die Hand und sieht zu den Jungs, die ruhig sind und ihre Väter und Onkel beobachten.

»Die Geschäfte der Familia laufen gut, wir haben keinen Grund uns zu beschweren. Aber sie stehen seit einigen Jahren, es sind die gleichen Leute, mit denen wir diese Geschäfte machen, und es kommt selten etwas Neues dazu. Man soll nicht gierig sein, aber irgendwann müssen wir uns wieder erweitern, die Jüngeren müssen noch sehr lange von den Geschäften der Familias leben, wir müssen auch wieder mehr an die Zukunft denken!«

Alle Blicke fallen auf die junge Generation und das erste Mal räuspert sich Miguel, Ramons Sohn und der Älteste unter ihnen meldet sich zu Wort. »Solltet ihr das machen, vielleicht ist es an der Zeit also ... « Er blickt unsicher zu seinem Vater, der ihn streng mustert. Doch Juan zeigt Miguel an, dass er sagen soll, was er zu sagen hat. Paco lehnt sich zurück und sieht seinem Sohn in die Augen, der ihn mustert. Paco weiß, dass Leandro ihm nachzueifern versucht und er ist sehr stolz auf ihn, ihm fällt es nur schwer, das zu zeigen.

»Ich denke, dass wenn ihr die Männer trefft, vielleicht auch ein paar von uns dabei sein sollten! Zumindest die Älteren.« Alle blicken ruhig zu der jüngeren Generation, Ramon wendet sich an seinen Sohn. »Du bist doch schon bei manchen Treffen dabei, wir kennen diese Leute nicht, sollten wir sie treffen, müssen wir erst einmal abschätzen, wie gefährlich es werden kann euch mitzunehmen.« Miko nimmt sein Käppi vom Kopf und sieht in die Runde.

»Sie müssen langsam richtig eingeführt werden. Die Neuen, die in die Familias kommen, sind manchmal noch jünger als sie und werden gleich ins kalte Wasser geworfen. Sie sollen einmal den inneren Kreis bilden, es ist schon längst Zeit dafür.«

Paco nickt. Auch wenn sich sein Magen bei dem Gedanken umdreht, dass Leandro irgendwo ist, wo ihm Gefahr droht, sollten sie angegriffen werden, wissen die Jungs noch nicht einmal, wie man mit einer Waffe umzugehen hat, zumindest nicht, dass Paco wüsste, dass sie schon einmal eine in der Hand hatten. Doch lieber jetzt und er ist noch dabei um sie zu schützen, als dass es passiert, wenn er nicht dabei ist.

Auch Juan sieht zu seinem Sohn und scheint ähnliche Gedanken zu haben, aber dann übernimmt Rodriguez das Wort. »Okay, Santana sag den beiden, sie sollen herkommen, wir werden dann weiter sehen. Ich persönlich halte gar nichts davon, noch einmal etwas mit Kolumbien zu tun zu haben, aber anhören können wir es uns es ja mal. Ich denke auch, dass wir anfangen die Jungs richtig einzubeziehen, es wird Zeit! Zu dem Treffen können Miguel, Sami, Leandro, Kasim, Damian und Sanchez mitkommen. Nesto und Rico nehmen aber wie die anderen jetzt bei Pepo nach der Schule ein paar Stunden, wo er euch in das Wichtigste einweist.«

Pepo klatscht in die Hände. »Ihr lernt vom Besten!« Jeder weiß, dass er nicht übertreibt, er ist der Beste. Pepo ist dafür bekannt, der sicherste Schütze zu sein, er kennt alle Tricks und kann ihnen das Nötigste beibringen, was die Jungs wissen sollten.

Tito kratzt sich am Kopf. »Und das bleibt am besten erst einmal unter uns Männern!« Er kann sich ein Grinsen nicht verkneifen, und Josir beginnt laut zu lachen. Mit der Zeit haben alle Männer, die früher nie an eine feste Bindung gedacht haben, die Frau gefunden, für die sie ihr wildes Leben aufgegeben haben, mit Ausnahme von Josir.

Keine Frau hat es geschafft ihn zu bändigen und Paco denkt auch nicht, dass es jemals eine geben wird, die das hinbekommt. Er ist der Einzige von ihnen, der noch immer Single ist. Ohne Frau kann man es nicht nennen, er hat mehr als genug davon und kann es nicht lassen, sich über das jetzige Leben von ihnen des Öfteren lustig zu machen.

»Wenn jetzt hier unsere Feinde … alle zusammen in dreifacher Überzahl hereinkämen, keiner von euch würde mit der Wimper zucken. Sollte eine der Frauen das herauskriegen, würdet ihr euch alle ins Hemd machen, ihr seid solche Memmen geworden!«

Paco muss selber lachen, er hat recht und Tito sieht grinsend in die Runde, jeder weiß, dass Josir die Wahrheit sagt. »Das hat nichts mit Memmen zu tun, wir vermeiden nur unnötige Diskussionen!«

Josir kneift dem neben ihm sitzenden Tito in die Wange. »Nett ausgedrückt, ihr Luschen!« Tito boxt ihn auf die Schulter, doch muss selber lachen, aber dann unterbricht Paco das Ganze. »Josir hat wirklich recht, es ist normal, dass die Frauen ihre Kinder schützen wollen, doch am Ende tun sie genau das Gegenteil. Wenn wir die Jungs nicht darauf vorbereiten, was alles auf sie zukommt, werden sie nicht klarkommen. Jeder hier am Tisch hat in ihrem Alter schon lange an den Geschäften teilgenommen, unsere Mütter mussten damit auch zurechtkommen!«

Juan zwinkert seinem Schwager zu. »Da kannst du ja gleich einmal den Anfang machen!« Er deutet mit seinem Blick zum Seiteneingang des Puntohauses, von dem Bella mit Omar und Ciro kommen. Paco wirft Juan einen vernichtenden Blick zu, er weiß genau, dass er die schwierigste aller Frauen hat, wenn es um solche Themen geht.

Bella ist wie immer wenig beeindruckt davon, dass hier gerade eine wichtige Familiasitzung stattfindet. Ciro, Juans jüngster Sohn, nimmt Omar auf den Arm und setzt sich zu seinem älteren Bruder Sanchez, während Bella alle begrüßt und sich dann an ihren Bruder wendet.

»Mama wartet noch immer darauf, dass ihr jemand die neue Satellitenschüssel anbringt, was treibt ihr alle hier?« Bevor sie eine Antwort bekommt, sieht sie zu ihrem Sohn, den sie ja bis jetzt heute noch nicht gesehen hat. »Was ist passiert?«

Paco hat Leandros blaues Auge schon wieder ganz vergessen. »Nichts Mama, ist nicht so schlimm!« Jeder hier kennt Bella genau und sie sehen, dass sie kurz davor ist durchzudrehen. »Nicht so schlimm? Dein Auge ist fast zugeschwollen!« Juan lacht. »Also ich hab gehört, der andere sieht viel schlimmer aus. Solange es so ist, ist doch alles okay.« Bella schenkt ihrem Bruder einen Blick, der ihn zum Schweigen bringt.

»Lass ihn, das gehört dazu, es geht ihm gut, mach es nicht schlimmer als es ist.« Paco wendet sich an seine Frau und sie dreht sich zu ihn um. »Was tun die Jungs hier eigentlich, wenn ihr eine Besprechung habt?« Paco zuckt die Schultern, sie wird es früher oder später eh erfahren. »Die Jungs machen ab jetzt bei den Geschäften mit, wir beginnen sie langsam vorzubereiten.«

Er will gleich, dass sie merkt, wie ernst es ihm ist, in der Hoffnung, dass sie keine Diskussion starten wird. »Es ist schon längst an der Zeit dafür!« Bella sieht ihren Sohn und ihre Neffen an. »Sie sind noch Kinder, seid ihr verrückt?«

Die Jungs wollen protestieren, doch Juan mischt sich ein. Es wird keine Stunde dauern und es wissen eh alle Frauen der Familia Bescheid. »Sie sind keine Kinder mehr Bella, ihr behandelt sie nur so. Wir alle waren schon viel früher in die Familia eingebunden. Willst du etwa behaupten, es hätte uns geschadet?«

Bella sieht wütend von einem zum anderen, drehst sich um und geht. Paco kratzt sich den Kopf, lieber soll sie wütend sein und alle anschreien. Wenn sie schweigt, ist das ein schlechtes Zeichen, ein sehr schlechtes.

Heute bleiben sie alle besonders lange im Punto-Haus, es weiß jeder, was zuhause für Diskussionen auf ihn warten. Wenn sich Paco aber ansieht, wie Leandro seine Onkel schon beim Kartenspielen schlägt und wie zufrieden die Jungs sind, hier sein zu dürfen, weiß er, dass es richtig so ist.

Als er und Leandro spät nach Hause kommen, verschwindet sein Sohn sofort ins Bett. Paco geht erst in die Küche, dann langsam ins Bad, wobei er über eine von Latizias Katzen stolpert, er achtet extra darauf leise zu sein, doch das alles bringt nichts. Als er anschließend in das Schlafzimmer kommt, steht Bella am Fenster und sieht zu den Sternen.

Paco seufzt laut auf, er hasst es sich mit ihr zu streiten, doch er wird offensichtlich nicht darum herum kommen. Er setzt sich auf den Bettrand hinter sie und blickt zu seiner Frau, die ihm noch immer den Rücken zudreht und ihren Blick nicht von dem Nachthimmel ablässt. Paco betrachtet ihre schlanke Figur, er liebt noch immer alles an ihr, sie ist in seinen Augen mit der Zeit nur noch schöner geworden.

Ihre langen Haare fallen ihr bis tief in den Rücken und Paco kann nicht anders. Er steht auf und tritt hinter sie. Er rechnet mit Gegenwehr, als er sie in den Arm nimmt und sein Kinn auf ihren Kopf legt, doch Bella bleibt ruhig stehen. Paco sieht ebenfalls zum Himmel, noch nie hat er verstanden, was Bella da stundenlang betrachten kann.

»Weißt du, woran mich das immer erinnert?« Paco gibt ihr einen Kuss auf den Scheitel. »Woran?« Er hört Bellas Lächeln. »Kannst du dich noch an das Konzert erinnern? Wie wir beide danach auf das Dach der Uni gegangen sind? Oder als du mich zum Restaurant gebracht hast? Jedes Mal habe ich versucht dir zu zeigen, dass wir alle unter denselben Sternen schlafen, dir zeigen, wie unsinnig diese Feindschaft ist.«

Paco lacht leise und legt seine Arme um seinen Engel. »Natürlich erinnere ich mich.« Bella verschlingt ihre Finger miteinander. »Ich hatte recht, guck wie gut es ist, dass unsere Familias zusammen halten!« Paco lächelt matt. »Wenn ich daran denke, wie du mir gestanden hast, dass du Juans Schwester bist … Ich wollte dich dafür unbedingt hassen.«

Bella dreht sich zu ihm um, ihre grünen Augen sehen ihn vertrauensvoll an. Sie weiß, wie sehr er sie liebt und dass sich das nie ändern wird. Er legt seine Hand an ihre Wange und streichelt mit dem Daumen ihre weiche Haut.

»Hast du mich dafür gehasst?« Paco schüttelt den Kopf. »Ich habe alles gehasst, die Situation, die Trez Puntos, aber niemals dich, nicht eine Sekunde.« Bella küsst seine Hand. »Am Ende ist nur Gutes daraus entstanden.«

Paco kneift die Augen zusammen. »Es war aber ein schwerer Weg bis dahin!« Er wird diese Zeit niemals vergessen, es hat sich tief in seine Seele gebrannt. »Vielleicht musste das so sein, damit wir noch mehr schätzen, was wir haben.« Paco muss an damals zurückdenken.

»Du warst nie von den Dächern zu bekommen und denke nicht ich weiß nicht, dass du auch jetzt noch auf unser Dach gehst und dich hin und wieder dahin zurückziehst.« Bella lächelt. »Ich habe Latizia das Dach auf der Uni gezeigt und meinen Lieblingsplatz.« Paco gibt seiner Frau einen Kuss auf die Stirn. »Ich hoffe, du hast ihr nicht erzählt, was wir dort alles gemacht haben.«

Bella lacht. »Sie ist seitdem auch manchmal da.« Paco entzieht sich für einen Augenblick. »Weshalb, was tut sie da?« Bella sieht ihren Mann warnend an. »Paco, wieso behandelst du Latizia wie ein kleines Mädchen, während dein Sohn schon an vorderster Front stehen soll?« Paco wusste, dass dies eins von Bellas Hauptargumenten sein würde.

»Latizia ist jünger und sie ist ein ... « Bella kneift ihren Mann in die Brustwarze und Paco flucht. »Weil sie ein Mädchen ist? Ich bitte dich! Ich war das einzige Mädchen unter all den Chaoten meiner Familia und bin gut klar gekommen.« Paco kann es sich nicht verkneifen. »Du hast dich auf den Feind deiner Familia eingelassen und warst wie oft nochmal in Lebensgefahr? Ob das so gut geklappt hat?«

Paco lacht und entzieht sich Bellas zweitem Angriff. Doch dann wird Bella ernst und sieht ihrem Mann in die Augen. »Ich habe Angst um Leandro, er ist doch mein Baby, um sie alle, sie alle sind meine Neffen, ich habe jeden einzelnen von ihnen im Arm gehalten und die Windeln gewechselt.« Paco zieht sie in seine Arme, er ist froh, dass sie nicht wütend auf all das reagiert.

»Denkst du, mir fällt das so leicht, du weißt aber, dass es sein muss, oder?« Bella ist in der Familia aufgewachsen, ihr ist bewusst, dass sie alle schon viel früher aktiv dabei waren. »Aber wenn ihm etwas passiert?« Paco hebt ihr Kinn an. »Denkst du, ich würde zulassen, dass meinem Sohn auch nur ein Haar gekrümmt wird? Er ist mein Blut, du weißt, wie sehr ich ihn liebe! Keiner wird zulassen, dass den Jungs etwas passiert!«

Bella nickt. »Ich habe ab und zu darüber nachgedacht, wie es wäre, wenn wir weggehen würden. Mit unseren beiden Kindern, vielleicht würden sie einen ganz anderen Weg einschlagen. Vielleicht würde Leandro ein Arzt werden oder ich weiß auch nicht, was ganz anderes tun.«

Paco treffen Bellas Worte, er erinnert sich, dass sie früher schon einmal dem Leben hier entkommen wollte. Sie war in New York, doch sie ist von alleine zurückgekehrt. »Konntest du das Leben hier aufgeben? Du hast es vor Sehnsucht nach deiner Familie, deiner Familia nicht ausgehalten! Don Carlos ist der Einzige, der wirklich gegangen ist, aber auch er kommt jeden zweiten Monat her, weil er es nicht länger aushält.«

Bella unterbricht ihn. »Maria und Johanna leben in Spanien, ihre Kinder wachsen ohne die Familias auf.« Die beiden Cousinen von Bella sind kurz nach der Schule nach Spanien gezogen, sie haben dort geheiratet, kommen aber jeden Sommer her. »Das wird sich noch zeigen, der älteste Sohn von Maria hat viel Kontakt zu Sanchez, mich würde es nicht wundern, wenn er wieder herkommt. Das ist nichts was man erlernt, Bella, das weißt du genau. Es liegt uns allen im Blut, wir sind mit der Familia geboren und sterben mit ihr.«

Bella kuschelt sich in Pacos Arme. »Aber ich muss immer an Sanchez' Tod denken und an Kasim, Sammy, Saul ... ich will nicht, dass noch einem etwas passiert!« Bella hat ihren Cousin Sanchez, nachdem Juans Sohn benannt wurde, sehr geliebt, auch Kasim und Sammy, Pacos getötete Cousins, vermisst sie. Sie alle tun es.

»Vertrau mir doch, ich passe auf sie auf!« Paco sieht seiner Frau in die Augen und lächelt. »Als ich dich das erste Mal sah, in der Bibliothek, wusste ich nicht einmal, dass mein Herz überhaupt in der Lage ist zu lieben.« Bella umschlingt seinen Nacken mit ihren Armen. »Ich habe deine Welt ganz schön auf den Kopf gestellt.«

Paco küsst sie als Antwort, das hat sie und er will keinen Tag davon missen. Seine Hände umfassen ihren Po und er trägt seine Frau zu ihrem Bett, auf das er sie vorsichtig ablässt. Pacos Hand schiebt sich unter die Fülle ihrer Haare, seine Lippen liebkosen ihren Hals. Bellas Hände schlingen sich um ihn, sie sucht an ihrem Mann Halt, den er ihr immer geben wird.

Paco lässt von Bellas Hals ab und er genießt das Bild, was sie ihm bietet. Er entfernt jeden Stoff zwischen ihnen und sieht auf seine wunderschöne Frau hinunter, ihre Haare über das Kissen ergossen, einige Strähnen in ihrem Gesicht. Mit ihren erhitzen Wangen ist sie für Paco das Versprechen für Liebe und Wärme und er genießt es. Als er in sie eindringt und ihr ein Stöhnen entlockt, findet er sofort ihren gemeinsamen Rhythmus, den sie gefunden haben und den sie niemals verlieren werden.

Am nächsten Morgen bringt Bella Latizia zur Schule, da Leandro erst später da sein muss und sie danach direkt in den Kindergarten fährt. Paco und er frühstücken gerade, als Juan und sein ältester Sohn Sanchez hereinkommen. Sanchez ist genauso dunkel wie sein Vater und wie er ist sein Sohn auch kräftig, nicht dick, aber eine massige Erscheinung. Aber da er im Gegensatz zu seinem Vater trainiert, wirkt er jetzt schon sehr mächtig.

Paco hat Sanchez, weil er und Leandro, als sie klein waren, kaum zu trennen waren, schon von klein auf besonders in sein Herz geschlossen. Sanchez geht in die Punto-Schule, und Paco ist etwas verwundert, als sie beide zu ihnen kommen. »Wir gehen ein Auto kaufen«, verkündet Sanchez überglücklich und Leandro, der gerade noch kaum die Augen offen halten konnte, ist sofort hellwach.

Damian, Leandro, Kasim und Sanchez machen gerade ihren Führerschein. Und auch wenn sie mehr als ein Auto hier zu stehen haben, sind sie alle schon die ganze Zeit scharf darauf, endlich ein eigenes zu bekommen. Paco kennt den Wunsch seinen Sohnes. Schon seit er vierzehn ist, schwärmt er für einen bestimmten Mercedes, den er sich holen will.

»Hast du keine Schule?« Paco sieht seinen Neffen fragend an und Juan guckt unschuldig in die Luft. »Nichts Wichtiges heute, kommt ihr mit?« Paco sieht zu seinem Sohn. Bella flippt aus, wenn er die Schule schwänzt, doch Leandros Augen glitzern vor Freude, als er jetzt seinen Vater fragend ansieht.

Wenn sie wollen, dass ihre Söhne erwachsen werden und sich in die Familia einfügen, brauchen sie auch ein Auto. Was soll's, einmal wird nicht so schlimm sein und Bella muss es nicht erfahren. Das sind Familia-Angelegenheiten!

Er will seinem Sohn etwas Gutes tun. Paco steht auf und nickt. »Na dann lasst uns gehen und die Familia neu ausstatten.« Auch Rodriguez und sein Sohn Damian, sowie Hernandez und Kasim sind sofort dabei. Zusammen fahren sie mit zwei Autos in die andere Stadt und beginnen, die neue Generation in die Familia einzubringen.

Kapitel 3

Leandro ist glücklich, mit seinem Vater und seinen Onkels den Tag zu verbringen. Es ist selten, dass sie alle sich soviel Zeit für die Jungs nehmen. Als er und sein Vater bei der Ausstattung seines zukünftigen Wagens mit dem Verkäufer verhandeln, lässt er ihm alle Freiheiten, seinen Wagen mit dem einzurichten, was er schon immer haben wollte.

Sein Onkel Juan hat ihn dann auch auf der Rückfahrt ans Steuer gelassen, er versteht eh nicht, warum er noch auf diesen Führerschein warten muss, wenn Miko ihm schon mit vierzehn das Autofahren beigebracht hat.

Sie fahren danach zu Pepo, sein Vater und die anderen fahren weiter zu einem Geschäftstermin. Leandro versteht nicht, warum er nicht dabei sein kann, wieso er so einen Blödsinn wie Schießstunden zuerst machen muss und sein Vater ihm nicht endlich einmal richtig in die Familia miteinbezieht.

Wie oft hat er den Erzählungen seines Opas gelauscht, als er ihm von seinem Vater als Jungen erzählt hat. Von seinem Onkel Rodriguez und Ramon, dem Ältesten, der mit 18 schon die ganze Familia alleine angeführt hat.

»Wir werden sehen, Surena!« Sanchez zwinkert Damian zu. Die beiden haben sicherlich beim Betreten des Punto-Hauses wieder eine ihrer vielen Wetten abgeschlossen. Sie sind alle zusammen aufgewachsen, wie Brüder, doch zwischen allen wird oft entweder im Spaß oder, wenn sie sich richtig streiten, Punto oder Surena benutzt um zu zeigen, dass dies der Unterschied zwischen ihnen ist, nur bei Leandro niemals.

Er ist beides und ihn hat dieses Surena- und Punto-Gerede noch nie sonderlich beeindruckt. Er gehört zu beiden Familias, deswegen sieht er diese Trennung nicht und akzeptiert sie auch nicht. Es ist ihm egal, ob Sanchez oder Damian, es sind beides seine Cousins.

Sie ziehen ihn nur mit der Plaka auf, die außer Miguel noch keiner von ihnen hat. Er hat die Surena-Plaka und alle betrachten diese neidisch, nur Leandro weiß nicht was er machen wird, er denkt daran, sich beide Plakas stechen zulassen.

»Leandro, wo bist du mit deinen Gedanken?« Sein Onkel Pepo sieht ihn streng an, was Leandro nicht wirklich ernst nimmt. Er weiß genau, dass er der Liebling aller ist und keiner ihm jemals wirklich böse sein kann.

Pepo legt ihnen fünf verschiedene Waffen auf den Tisch. Als Damian nach einer greifen will, haut er ihm auf die Finger und zeigt ihnen, wie sie damit umzugehen haben. Dann gibt er jedem von ihnen eine Waffe in die Hand.

Leandro sollte so tun, als wäre es das erste Mal, dass er eine Waffe in der Hand hat, sie alle sollten das, doch ihre Väter haben nie bemerkt, wie lange sie schon zur Familia gehören wollen. Er erinnert sich, wie er erst immer mit Miguel und Sami mitgegangen ist, als sie sich auf einem Feld außerhalb von Sierra mit Waffen, die sie einem ihrer Onkel geklaut haben, selber das Schießen beigebracht haben.

Irgendwann ist er dann selbst mit Sanchez, Damian und Kasim dorthin, natürlich sollen es seine Onkels nicht merken, doch das erübrigt sich, als der Angeber Sanchez ohne große Probleme eine Dose von einem Stuhl schießt, die Pepo extra hingestellt hat. Leandro wirft seinem Cousin einen genervten Blick zu, doch natürlich ist Damian viel zu stolz, um freiwillig als nächstes danebenzuschießen und durchlöchert die Dose sogar.

Pepo sieht fluchend zu Leandro und stellt die Dose noch weiter entfernt hin. Nun ist es eh zu spät, Pepo ist nicht dumm, und so ersparen sie sich wenigstens die unnötigen Nachhilfestunden im Umgang mit Waffen. Leandro hatte von allen bisher die ruhigste Hand. Auch jetzt trifft er ohne große Probleme, was Pepo wütend zum Handy greifen und fluchend ins Haus verschwinden lässt.

Es dauert keine fünf Minuten, da tauchen Miko und Chico auf und sehen die Jungs alle ermahnend von oben bis unten an, doch sie warten, bis ihre Väter eintreffen. Sein Onkel Juan fährt die Jungs sofort wütend an, dass sie zeigen sollen, was sie können.

Jetzt erst merken auch Sanchez und Damian, was sie da angerichtet haben, Kasim sitzt die ganze Zeit unbeteiligt daneben, sein Vater ist von allen immer am entspanntesten. Leandro spürt besonders den Blick seines Vaters auf sich und wird nervös. Seine Meinung ist ihm wichtig, auch wenn er gleich den größten Ärger seines Lebens bekommen wird, er will ihm zeigen, was er schon drauf hat und dass er ihn endlich nicht mehr als kleinen Jungen ansieht.

Alle anderen haben vor ihm vor Aufregung zwar die Dose heruntergeschossen aber nicht direkt getroffen. Leandro trifft die Dose genau in der Mitte und durchbohrt sie. Chico pfeift durch die Zähne. »Der Sohn der Kobra!« Rodriguez nimmt ihnen allen die Waffen aus der Hand und knallt sie auf den Tisch. »Wie seid ihr an Waffen herangekommen?«

Leandro setzt sich lieber, das wird sicher noch eine Weile dauern. »Es liegen doch immer welche herum und wenn eine Lieferung rausgeht, merkt ihr gar nicht, wenn eine fehlt.« Sanchez hebt unschuldig die Arme. Miko setzt sich zu Leandro. »Wenigstens sind es unsere Waffen und sie sind nicht zu anderen gegangen, um sich welche zu besorgen, das wäre noch schlimmer gewesen!«

Paco sieht die Jungs vernichtend an. »Das macht es nicht besser, wer hat alles Waffen von euch? Stellt euch vor, die fallen Omar oder einer eurer Schwestern in die Hände!« Leandro gibt jetzt alles offen zu, es bringt nichts mehr es abzustreiten. »Keiner hat sie zuhause, sie sind alle im Cielo und wir passen auf, dass die Kleinen da nicht herankommen.«

Sein Vater ist sauer. »Und wie habt ihr euch das beigebracht? Habt ihr aufeinander geschossen? Wie kann ich mir das vorstellen?« Sanchez erklärt allen ungefähr, wie sie trainiert haben, als er endet, flucht Rodriguez und sieht zu seinem Bruder. »Wir hätten wissen müssen, dass sie eines Tages von alleine anfangen würden. Wir sollten jetzt nicht zu streng sein, wir hätten an ihrer Stelle nichts anderes getan.«

Paco sieht seinem Sohn in die Augen. »Holt die Waffen und zwar alle!« Leandro und Kasim erheben sich. Als sie sich gerade auf den Weg ins Cielo machen wollen, klingelt Rodriguez' Handy. Er hört, wie sein Onkel mit seiner Tante Melissa spricht und ihr sagt, dass Dilara ihm Bescheid gegeben hat, dass sie heute bei einer Freundin übernachten wird.

Leandro liebt Dilara wie seine eigene Schwester, auch wenn sie im Grunde nicht einmal verwandt sind. Er fühlt mit Damian mit, der sie ständig im Auge hat, obwohl er jünger als Dilara ist. Sie ist sehr hübsch und sehr beliebt. Jeder weiß allerdings zu wem sie gehört und dass ihre Cousins und ihr Bruder darauf achten, dass niemand ihr zu nahe kommt.

Das hält die Jungs allerdings nicht ab es zu probieren, nur heimlich, als wäre es so noch ein besonderer Kick, es gab schon mehr als eine Schlägerei wegen Dilara. Leandro will erst gar nicht daran denken, was mit Latizia sein wird, obwohl er auch nicht glaubt, dass sie jemals solche Probleme machen wird wie Dilara.

Seine Cousine hat zwei Gesichter, wenn sie sich einmischen, sobald sie merken, dass ein Junge ihr zu nahe kommt. Sie wird zickig und schreit alle an, dass sie kein Kind mehr ist und sie sich aus ihrem Leben herauszuhalten haben. Wenn sie aber unter sich in der Familie sind, albert sie mit ihnen herum und verbringt gerne ihre Zeit mit allen.

Leandro und Kasim holen die Box aus dem Versteck im Cielo, die gut gefüllt ist. Leandro weiß, dass das noch mehr Ärger bedeutet, er will aber seinen Vater und seine Onkel nicht belügen und nimmt die ganze Box mit. Als sie gerade aus dem Haus wollen, klingelt Leandros Handy. Damian, als könnten sie fliegen.

»Bin gleich da, übertreibt doch ..« Sofort hört er, dass irgendetwas nicht stimmt. »Meine Mutter hat gerade noch einmal angerufen, sie hat bei der Freundin angerufen, wo Dilara angeblich schlafen wollte. Es hat gedauert, aber dann hat die Freundin zugegeben, dass Dilara nicht bei ihr ist, sie wollte zu einer Party. Die Freundin macht sich große Sorgen, weil sie sich schon vor über einer Stunde melden wollte, es aber nicht getan hat. Sie wollte unbedingt zu einer Party und die Freundin hat mitgespielt. Nur weil sie sich jetzt selber Sorgen macht, hat sie zugegeben, dass Dilara gar nicht bei ihr ist. Leandro frag auch mal Kasim, keiner von uns weiß etwas von einer Party, wisst ihr etwas?«

In Leandros Kopf rumort es, wieso hat sich Dilara nicht bei ihrer Freundin gemeldet. Dass sie so etwas abzieht, verwundert ihn nicht besonders, es passt zu ihr. Dann erinnert er sich, das Caspar ihn zu einer Party eingeladen hat, von Paddy, einem Typen, der letztes Jahr von der Schule gegangen ist. Alle Weiber standen auf ihn, auch wenn er dafür bekannt war, dass er seine Freundinnen nicht nur ständig wechselt, sondern auch immer wieder verprügelt.

Leandro hat ihn nie gemocht. Wenn sie in der Nähe waren, hat er immer schön seine Klappe gehalten, doch sobald sie nicht da waren, einen auf wichtig getan. Damian hat ihm damals erzählt, dass Dilara in Paddy verliebt war, doch Leandro kann nicht glauben, dass sie so dumm ist und zu einer seiner berüchtigten Partys geht. Wieso meldet sie sich nicht? Wenn einer sie angerührt hat ... Leandro handelt schnell.

»Sie ist bestimmt auf der Party von diesem Paddy, Caspar hat mir davon erzählt, der wohnt doch gleich hinter der Schule, dieser Bastard.« Damian hat aufgelegt, jeder von ihnen weiß, was für ein kranker Mistkerl dieser Paddy ist. Leandro geht auf den Parkplatz vor dem Cielo und sieht neben einem von Mikos Autos, Juans alten BMW, an dem Sanchez des Öfteren herumschraubt.

Das Auto ist offen und der Schlüssel steckt wie immer, es wäre niemand so dumm, die Trez Puntos vor der Haustür zu beklauen. Ohne eine Sekunde zu zögern gibt er Gas, sobald Kasim sitzt. In seinem Kopf ist nur die Frage, wieso sie sich nicht gemeldet hat. Auch wenn er sie dafür umbringen wird, er hofft, dass sie es beim

Tanzen einfach vergessen hat und sich nicht sein ungutes Bauchgefühl bestätigt.

Leandro rast zu Paddys Haus, schon von Weitem sieht er, dass die Party voll im Gang ist. Alle nur denkbaren Idioten sind da, die Musik dröhnt ihnen entgegen. Mehrere besoffene Jungs stehen auf dem Parkplatz vor dem Haus und grölen herum. Leandro nimmt sich eine Waffe aus der Box und sieht zu Kasim, der nickt, als sie aussteigen. »Leandro, Kumpel, du auch hier? Geil, hast du ein paar Weiber mitgebracht? Paddy beansprucht die Besten für sich!«

Leandro ignoriert Jasper aus seiner Klasse und geht direkt ins Haus. Er ist selber gerne feiern, er kennt das Bild, was sich ihm bietet. Die Mädels verlieren bei dem Alkohol ihre Hemmungen und er entdeckt mehrere lasziv tanzend vor einigen Jungs. In verschiedenen Ecken sind schon Pärchen verteilt, die sicher noch Spaß haben werden heute Nacht. Das Haus ist groß, Kasim und er verteilen sich, um nach Dilara zu sehen, doch sie können sie nicht entdecken.

Erst als er Maria aus seiner Klasse nach ihr fragt, zeigt sie ins obere Stockwerk und sagt, dass sie mit Paddy und ein paar anderen nach oben ist. Leandro rennt die Treppe hinauf und reißt alle Zimmertüren auf, wobei er einige Paare stört, was ihn allerdings nicht interessiert. Erst im vorletzten Raum findet er Paddy mit zwei weiteren Jungs, die er noch nie gesehen hat und drei Mädchen vor. Die Mädchen ziehen sich gerade aus und können sich nicht einmal auf den Beinen dabei halten, während die Jungs sie anfeuern.

Leandro kann kaum noch klar denken vor Wut, bis er Dilara in einer Ecke kauernd entdeckt, ihre schwarzen Locken verdecken ihr Gesicht, doch durch die Jungs, die ihn bemerken, hebt sie ihren Kopf. Sie weint panisch, Leandro sieht sofort die Rötung auf ihrer Wange. Sobald sie ihn entdeckt, steht sie auf und kommt schnell zu ihm gerannt. Kasim erscheint hinter ihm und zieht Dilara hinter seinen Rücken.

»Du ehrloser Bastard, hast du sie angefasst?« Es gibt Momente wie diesen, wo Leandro selbst bemerkt, dass er die Kontrolle über sich verliert. Er kann sich dann nicht mehr beherrschen, die Wut übernimmt seinen Verstand, und schneller als Paddy blinzeln kann, hat er ihn mit einem so heftigen Schlag getroffen, dass dieser unter dem Geschrei der Mädchen zu Boden fällt. Leandro ist genau über ihm, als er sich das Blut von der Nase wischt und ihn ansieht.

»Wieso regst du dich so auf, die kleine Nutte wollte doch nicht mitmachen, keiner hat sie angefasst, als sie wie ein bockiges dreijähriges Mädchen angefangen hat zu schreien.« Leandro gibt ihm den nächsten Schlag, um ihn zum Schweigen zu bringen, das Wort Nutte hallt in seinem Kopf wieder. Er zieht die Waffe und alle weichen zurück. Leandro hält sie Paddy an den Kopf.

»Wer von euch Hunden hat sie geschlagen?« Paddy zittert, er starrt ihn mit panischem Blick an. Genauso panisch hat Dilara gerade geguckt und es ist eine Wohltat ihn so zu sehen.

Plötzlich tritt jemand neben Leandro, er ist so in seiner Wut gefangen, dass er erst jetzt, wo er sich umdreht sieht, dass sein Vater und Rodriguez neben ihm stehen. Sie sind alle da, Miko steht entspannt am Türrahmen, während die anderen vor der Tür warten. Juan hat Dilara im Arm. Alle blicken sie auf ihn, sein Vater hat noch immer die Hand auf seiner Schulter. Er sieht ihm in die Augen, Leandro entdeckt etwas Stolz in seinem Blick, aber auch Sorge.

»Lass ihn, gib mir die Waffe, er ist fertig!« Langsam weicht die Wut, die ihn beherrscht hat aus Leandro und er gibt seinem Vater die Waffe. Rodriguez hebt Paddy am Kragen hoch. Mittlerweile hat sich die ganze Horde der Party nach oben verlagert, alle versuchen einen Blick in den Raum zu bekommen. »Ich hätte mich gerne um dich gekümmert, aber mein Neffe hat das schon getan. Lasst die Finger von meiner Tochter, kommt nicht einmal mehr in ihre Nähe, ihr wechselt ab heute die Straßenseite, wenn ihr sie seht. Und denkt nicht, wir erfahren es nicht, wenn das nicht so ist... Das gilt für euch alle!«

Rodriguez blickt zu den anderen Jungs und hinaus auf den Flur.

Leandro hat einen Moment das Gefühl, die gleiche Wut in ihm zu sehen, wie er sie verspürt hat. »Keiner von euch wagt sich an die Mädchen aus der Familia heran, verstanden? Fragt eure Väter, was euch sonst blüht!«

Mit diesen Worten machen sie sich auf den Weg aus dem Haus. Es herrscht Schweigen zwischen allen, aber es ist klar, dass es dabei nicht bleibt. Sie verteilen sich in die Autos. Damian, Leandro und Dilara, die noch immer ihren Kopf nach unten hält und weint, setzen sich hinter seinen Vater und Rodriguez. Sie fahren direkt zu ihrem Grundstück. Alle gehen ins Haus von Rodriguez, wo ihnen seine Mutter und seine Tanten Jennifer und Melissa entgegenkommen.

Melissa, die Mutter von Dilara und Damian, weint und zittert, als sie Dilara in die Arme schließt. Rodriguez tritt zu seiner Tochter und nimmt ihr Kinn in seine Hand, um sich ihre Wange genau anzusehen. »Hast du sonst noch etwas?« Dilara schüttelt den Kopf, man sieht, wie fertig sie ist. Auch Leandro will nur noch nach Hause ins Bett, er hat keinen Nerv für Diskussionen. »Setzt euch … alle!« Juans Ansage zeigt ihm, dass das nichts wird.

Selbst seine Mutter und die Tanten treten etwas zurück, als die Männer sich vor den Jüngeren aufbauen. Sie hätten auch gleich etwas zu ihnen sagen können, noch im Haus von Paddy. Und so wütend wie Rodriguez wirkt, hätten sie das sicherlich auch gerne, doch so etwas wird nicht vor anderen geklärt, es geht niemanden etwas an und bleibt innerhalb der Familia.

»Zuerst zu dir!« Rodriguez geht auf und ab, während Dilara den Kopf senkt. Sie sitzt zwischen Kasim und Sanchez. Man sieht, dass, auch wenn sie alle sauer wegen Dilaras Aktion sind, sie Mitleid mit ihr haben. Sanchez legt den Arm um sie, als sie erneut zu weinen beginnt. Leandro sieht den Blick seiner Mutter auf den beiden und weiß, was in ihrem Kopf vor sich geht.

Es war früher nie daran zu denken, dass der Sohn des Anführers der Trez Puntos die Tochter einer der Anführer der Les Surenas tröstet. Die Zeiten ändern sich, sie sind alle wie Geschwister aufgewachsen und der Hass, der zwischen den beiden Familias lag, ist niemals zu ihnen durchgedrungen.

»Hast du eine Vorstellung, was hätte passieren können, wenn deine Mutter nicht bei deiner Freundin angerufen hätte? Was diese Kerle mit dir vorhatten? Wieso bist du so unvorsichtig und begibst dich in so eine Gefahr? Meinst du, wir wissen nicht, was wir tun, wenn wir dafür sorgen, dass solche Kerle von euch fernbleiben?«

Dilara hebt den Kopf. »Es tut mir leid das ich gelogen habe, aber ihr lasst uns keine Wahl. Ich komme mir vor wie in einem Gefängnis, nichts dürfen wir, wenn es nicht mit der Familia zu tun hat, ihr zwingt uns doch zu lügen, damit wir mal auf eine normale Party gehen dürfen!«

Rodriguez bleibt stehen. »Normale Party? Das nennst du eine normale Party? Du kannst gerne auf eine Feier gehen, wenn deine Cousins dabei sind, wir machen das nicht um euch zu ärgern, sondern weil wir wissen, was alles passieren kann. Ist das der Preis, den du zahlen willst? Dass sich solche betrunkenen Idioten an dir vergehen, nur damit du ein Stück Freiheit hast?

Innerhalb der Familia hast du alle Freiheiten der Welt, komme nicht noch einmal auf die Idee, so etwas zu wagen. Du bist eine Surena, alleine das ist schon Grund genug, dass die Jungs auf dumme Gedanken kommen, um sich irgendwie an der Familia zu rächen oder Kontakt aufzubauen oder sonst irgendetwas!«

Paco unterbricht seinen Bruder. »Das gilt nicht nur für dich, Dilara, Latizia und die anderen Mädchen müssen sich auch daran halten. Wir haben heute gesehen, dass die Jungs schon viel weiter sind als wir gedacht haben, allerdings will ich nicht noch einmal sehen, dass ihr mit Waffen durch die Gegend lauft.« Juan tritt neben seinen Schwager und legt den Arm um ihn.

»Es war heute genug für die Jungs, bringt morgen die ganzen Waffen ins Punto-Haus, wir werden dann sehen, wie es weitergeht. Auch wenn ihr Ärger bekommen habt und wir noch einige Sachen mit euch klären müssen ... es war gut zu sehen, dass ihr eure Cousine auch beschützen könnt, wenn keiner von uns dabei ist. Ihr habt eure Familia stolz gemacht.«

Nun lacht Chico laut auf und setzt sich zu Leandro, legt ihm den Arm um die Schulter und gibt ihm einen Kuss auf die Wange. »Wer hätte gedacht, dass aus dem Mini-Paco, der uns immer alle Chips geklaut hat, mal ein richtiger Mann werden würde. Die haben sich heute in die Hose gemacht, weil sie so viel Schiss vor dir hatten. Du bist eben ein Surena, das liegt dir im Blut.

Miko setzt sich auf Leandros andere Seite und pfeift durch die Zähne. »Ganz klar das reine Trez Puntos-Blut, was aus dir so einen Mann gemacht hat!«

Leandro muss lachen und alle anderen stimmen ein. Doch als er den Blick seines Vaters trifft, sieht er den Stolz in seinen Augen, doch auch noch immer die Sorgen, was er nicht versteht. Hat er heute nicht gezeigt, dass er in der Lage ist, sich selber gut zu schützen zu wissen? Was muss er noch tun, damit sein Vater ihn endlich als Mann wahrnimmt?

Paco liegt noch lange wach, alle schlafen mittlerweile, Bella liegt auf seiner Schulter und ihre Haare kitzeln seinen Arm entlang, während sie ruhig schläft. Auch sie ist nicht sofort eingeschlafen.

Seine Frau weiß nicht genau was passiert ist und er hofft, dass sie nicht erfährt, dass er seinen Sohn heute entwaffnen musste. Doch sie hat Pacos Sorgen bemerkt, auch wenn er keinen Ton darüber verloren hat. Er ist der Einzige, der es gesehen und erkannt hat.

Die unkontrollierbare Wut, die Rodriguez in sich trägt, die Ramon und ihn immer mit großer Sorge erfüllt hat und die erst seit Melissa in das Leben ihres jüngsten Bruders getreten ist, verschwunden ist, er hat sie heute in seinem Sohn gesehen.

Paco fährt sich mit der Hand über das Gesicht. Wenn Rodriguez in diesen wütenden Rausch verfallen ist, war er nicht nur eine Gefahr für alle Gegner, sondern vor allem für sich selbst, weil er nie an seine eigene Sicherheit gedacht hat. Das war das gefährlichste und wenn Leandro das auch hat, weiß er nicht, wie er jemals seinen Sohn aus den Augen lassen soll. Vor Wut wird er sich selbst in Gefahr bringen.

Paco schließt die Augen, er kann nur hoffen, dass er sich geirrt hat, doch er wird seinen Sohn jetzt ganz genau beobachten, um sicher zu gehen.

Kapitel 4

Zwei Tage später fährt Paco mit Leandro an den Strand. Natürlich erst, nachdem er genau beobachtet hat, wie sich Latizia und ihr Klassenkamerad zusammen im Garten benommen haben. Piedro ist so eingeschüchtert, dass er sich gar nicht wagen würde, etwas Falsches zu machen. Irgendwann war Bella so genervt von Pacos Beobachtungen, dass sie ihren Mann fast schon rausgeschmissen hat, also nutzt er die Gelegenheit, um sich einmal mit seinem Sohn von Mann zu Mann zu unterhalten.

Sie gehen zu dem Abschnitt, an dem er früher oft mit Mano war und setzen sich einfach in den Sand. Paco hält seinem Sohn eine eiskalte Cola hin. Wenn er an früher denkt, wie er hier mit Mano rumgehangen hat, nie hätte er sich erträumen lassen, dass er hier einmal mit seinem Sohn sitzt.

»Leandro, ich will etwas mit dir besprechen. Wenn du die Wahl hättest etwas anderes zu tun, nicht in der Familia als Anführer zu sein, sondern ein Arzt sein oder irgendetwas mit Mathe zu machen, was du ja magst, würdest du lieber so etwas tun? Du kannst ehrlich sein, ich werde nicht enttäuscht oder sauer sein.«

Leandro sieht seinen Vater an und Paco sieht sich als sechzehnjährigen, auch wenn er zugeben muss, dass er damals nicht ganz so durchtrainiert war wie sein Sohn es jetzt ist. Bellas grüne Augen blicken ihn an, als wäre er verrückt geworden.

»Papa, wie kommst du auf so etwas? Ich würde niemals darauf verzichten, das ist meine Familia, ich bin dazu geboren. Ich war oder bin mir immer noch nicht so sicher, ob du und Mama, ich meine du kennst sie, ob sie mich wirklich richtig bei der Familia mitmachen lassen wird. Ich wollte nichts hinter deinem Rücken machen, aber auch, wenn Mama und du es nicht wollen, ich werde die Familia weiterleiten!«

Paco sieht die Entschlossenheit in Leandros Augen und lacht. Er legt den Arm um seinen Sohn. »Ich weiß, ich musste das nur loswerden. Du bleibst mein Sohn, egal was du tun wirst.« Leandro räuspert sich und scheint seinen ganzen Mut zusammen zu nehmen. »Ich würde jetzt schon gerne ganz mitmachen, ich bin so weit, das weiß ich!« Paco wuschelt ihm über den schwarzen Kopf. »Ich habe gesehen, dass du weiter bist als ich dachte. Ganz wird noch keiner von euch mitmachen können, außerdem musste ich deiner Mutter schwören, dass du wenigstens die Schule zu Ende machst. Aber ich nehme dich jetzt öfters mit.«

Leandro nickt und kriegt das Grinsen, bei dem Bella immer den Kopf schüttelt und sagt, er wäre genau wie sein Vater. »Ich muss mir noch etwas einfallen lassen wegen der Familias, ich werde mich für keine entscheiden.« Paco nimmt einen Schluck und sieht zum Meer, als er in Leandros Alter war, hätte er jeden getötet, der ihm gesagt hätte, er würde einmal so antworten. »Das musst du auch nicht, du gehörst zu beiden Familias!« Paco spricht das Thema an, was ihn nicht mehr aus dem Kopf geht.

»An dem Abend, als du Dilara da herausgeholt hast, hatte ich das Gefühl, dass du sehr wütend warst. Ich meine, wir waren alle wütend, aber ich hatte das Gefühl, dass du dich schwer unter Kontrolle hattest.« Paco versucht es mild zu umschreiben, auch wenn ihm das schwerfällt, die Sorgen wegen Rodriguez haben ihn immer begleitet, er kann nur beten, dass er sich getäuscht hat und sie sich nicht bei seinem Sohn fortsetzen.

Leandro blickt in den Sand, als würde er überlegen, was er seinem Vater jetzt sagt und allein diese Geste ist Paco schon fast Antwort genug, sein Herz beginnt unruhig schneller zu schlagen, wieso trifft es nach seinem Bruder auch seinen Sohn?

»Ich bin da schon sehr wütend gewesen. Manchmal, wenn mich etwas sehr sauer macht, spüre ich selber, dass die Wut steigt und steigt, aber bisher habe ich es immer wieder unter Kontrolle bekommen.«

Leandro sagt es schon fast entschuldigend. Ob er mitbekommen hat, wie Ramon und er sich früher so oft über Rodriguez unterhalten haben? Paco steht auf und sein Sohn tut es ihm gleich, sie müssen los. Er glaubt nicht, dass er es kontrollieren kann, doch er ist froh, dass er so ehrlich zu ihm war. »Wir werden das trainieren, damit du das im Griff hast. Mach dir keine Gedanken, ich werde mich darum kümmern.« Sie gehen zum Auto, denn die zwei Geschäftsmänner kommen, um mit ihnen über ihre Filialen in Kolumbien zu sprechen.

Als sie im Punto-Haus ankommen, haben auch Ramon, Rodriguez, Hernandez und Juan ihre Söhne mitgebracht. Leandro gesellt sich zu ihnen und da die Männer schon da sind, setzt sich Paco gleich an den Tisch. Man sieht und merkt sofort, dass diese Männer nichts mit irgendeiner Familia oder deren Geschäften zu tun haben, auch dass sie über genug Geld verfügen, um sich an die Familias zu wenden.

Einer der Männer beginnt ihr Anliegen vorzutragen. Sie leben schon länger in Kolumbien und haben sich genau erkundigt. Es gibt dort keine führende, mächtige Familia. Alles zerstreut sich auf viele kleine Familias, die sich gegenseitig um die Geschäfte und Gebiete streiten.

Da sie beide aus Puerto Rico, nur zwei Städte von Sierra entfernt, stammen, haben sie sofort an die Trez Puntos und Les Surenas gedacht. Sie würden gerne, dass diese sich die Geschäfte ansehen, damit sich in Kolumbien herumspricht, dass sie für die Sicherheit in den Filialen sorgen und die Geschäfte und deren Mitarbeiter mit allem was sie zur Sicherheit brauchen ausstatten und einweisen. Sie reichen einen Zettel herüber mit dem Geld, was sie bereit sind, dafür zu bezahlen.

Juan nimmt den Zettel entgegen und reicht ihn weiter. Sie alle haben Geld, genug Geld, sie beteiligen sich nicht an Sachen, die sich finanziell nicht lohnen und normalerweise zeigen sie niemals Reaktionen auf angebotenes Geld, doch jedem, der sich den Zettel ansieht, fällt es schwer eine Reaktion zu verbergen.

Als Paco den Zettel dann schließlich bekommt, versteht er auch warum. Es geht um viel Geld, er kann sich nicht erinnern, schon einmal einen Auftrag angenommen zu haben, wo es um so viel

Geld ging. Paco verzieht keine Miene und reicht den Zettel an Miko weiter, der sich ein leises Auffluchen nicht verkneifen kann.

Sein Blick trifft den von Juan, auch wenn sie früher die erbittertsten Feinde waren, sie arbeiten mittlerweile so gut zusammen, dass sie sich auch ohne Worte verstehen. Juan sagt den Männern, dass sie am nächsten Tag wiederkommen sollen und sie ihnen dann sagen werden, ob sie es machen oder nicht.

Sobald die beiden Männer außer Reichweite sind, pfeifen einige von ihnen durch die Zähne. »Das wird der größte Auftrag, den wir jemals hatten!« Ramon bringt es auf den Punkt und alle anderen nicken. Trotzdem ist nicht gesagt, dass sie ihn annehmen werden, alle setzen sich entspannt zurück, Rodriguez deutet den Jüngeren, sich zu den Männern an den Tisch zu setzen und das erste Mal sitzen sie mit der neuen Generation am Tisch um sich zu beraten.

»Wir hatten gesagt, wir machen nichts mehr außerhalb von Puerto Rico und dann noch Kolumbien, ein Fluch liegt über diesem Land.« Tito reibt sich die Augen, Paco kann sich noch genau daran erinnern, wie Tito beinahe sein Leben verloren hätte, Saul haben sie verloren. Das nächste Aufeinandertreffen mit Kolumbianern hätte sie beinahe Rodriguez Leben gekostet, Kolumbien scheint für sie nicht der beste Ort auf der Welt zu sein. »Wir waren aber nie alle da, nun wissen wir, dass wir kein Glück da haben und sind vorbereitet«, wirft Hernandez ein.

Santana hat sich schon für den Deal entschieden, auch wenn sie natürlich am Ende die Entscheidung treffen. »Ja und es geht um viel Geld, um an dieses Geld zu kommen, müssten wir hier fünf Aufträge annehmen. Es wird auch nicht so zeitaufwändig, wenn alle mitkommen kann man sich aufteilen und es sind immer noch genug Leute dabei.« Ramon sieht noch einmal auf den Zettel, worauf der unglaublich hohe Preis steht. »Wollt ihr darüber nachdenken oder habt ihr eure Entscheidung schon getroffen?«

Juan sieht in die Runde. »Jeder kennt die Fakten, worüber soll man da noch nachdenken? Stimmen wir ab!« Ramon nickt. »Wer ist dafür, dass wir den Deal annehmen?« Paco selbst hat keine Lust auf Kolumbien, doch er denkt nicht, dass ihnen die Fehler der Vergangenheit noch einmal passieren und sie haben keinen Grund sich zu verstecken.

Als Anführer stimmt er nicht ab, alle anderen zeigen ihre Meinung, nur die Anführer nicht. So sehen sie die Meinungen der anderen, entscheiden tun letztlich aber nur sie. Also heben alle bis auf Mano die Hand. Selbst Tito ist dafür, Paco sieht etwas verwundert zu seinem besten Freund. »Ich habe kein gutes Gefühl dabei, wenn ihr entscheidet zu gehen, komme ich aber natürlich mit!«

Es sind alle außer Mano dafür. Ramon seufzt laut auf. »Ok, ziehen wir es durch!« Juan grinst frech. »Denke ich auch!« Rodriguez nickt nur und nun sehen alle zu ihm. Alle Anführer haben ebenfalls zugestimmt, sollte er jetzt aber dagegen sein, kann es sein, dass alles noch kippt, je nachdem wie sehr er dagegen spricht. Paco wüsste jedoch nicht was dagegen sprechen sollte, im Gegenteil, es wird Zeit Kolumbien zu zeigen, dass es die Familias noch gibt.

»Machen wir den Deal!«

Also ist die Sache beschlossen, er blickt zu den Jungs. »Wenn wir alle runterfahren, müsst ihr hier die Stellung halten.« Ihre Augen werden gleich größer, natürlich wird es nicht schwer werden, hier für Ordnung zu sorgen, doch sie sollen langsam ein Gefühl dafür bekommen. Ramon lächelt leicht und nickt. »Miguel wird uns begleiten, Sami, du bist dann der Älteste hier, wir lassen ein paar Männer in Sierra, die dir helfen, aber du hast das Sagen und zusammen mit deinen Cousins sorgst du dafür, dass hier alles in Ordnung ist!«

Natürlich sind die Jungs ganz aufgeregt und können es nicht fassen. Miguel sieht seinen Vater dankbar an. Er ist einundzwanzig, es wird allerhöchste Zeit, dass er dabei ist. Nachdem alles geklärt ist, feiern sie. Es wird gegrillt, auch Adriana und Melissa kommen ins Punto-Haus. Sie waren mit Dilara an der Uni, nach dem Sommer wechselt sie dahin. Paco knuddelt Omar durch, der sechsjährige Sohn von Chico ist der Jüngste von allen und wenn er ihn so auf den Schoß hat und er mit seinen Onkels herumalbert, denkt Paco darüber nach, vielleicht noch ein Baby zu bekommen.

Bella war nach Latizia noch einmal schwanger, doch sie hat das Kind im zweiten Monat verloren. Es war für sie beide hart, die Frauenärztin hat ihnen damals aber gesagt, dass so etwas immer passieren kann und sie es weiter probieren sollen. Bella hat das allerdings zu sehr mitgenommen. Paco wollte sie nicht noch einmal so traurig sehen, deswegen haben sie das Thema nie wieder angesprochen, doch jetzt sieht es langsam anders aus. Sie sind noch nicht zu alt dafür, Paco fühlt sich eh noch wie Mitte zwanzig.

Er beobachtet Dilara, wie sie mit ihren Cousins am Pool herumalbert, bis sie Sanchez hineinzuwerfen versucht und er sie selber mit ins Wasser hineinzieht. Miko pfeift laut und keine zwei Sekunden später springen er und Tito hinterher und alle anderen Jungs mit rein. Es entwickelt sich eine Wasserschlacht und Omar hält nichts mehr auf Pacos Schoß. Er schreit so lange am Poolrand herum, bis Miko ihn auf seine Schultern nimmt und er seine älteren Cousins alle nacheinander umwerfen darf.

Adriana setzt sich in der Zeit zu Paco und Hernandez. Er sieht sofort in ihren Augen, dass Chico ihr mitgeteilt hat, dass sie den Deal mit Kolumbien machen.

Die ersten zwei Jahre hier in Puerto Rico waren für Adriana sehr schwer, Chico hat sie damals aus dem Haus gerettet, wo der Rona-Anführer die Frauen gefangen gehalten hat. Sie stammt aus Kolumbien, Dimengo hat damals ihren Vater getötet und ihr halbes Dorf in Schutt und Asche gelegt, ganz zu schweigen davon, was er ihr angetan hat. Sie hat nie wieder einen Fuß in dieses Land gesetzt und Paco ist sich sicher, dass sie nur mit der Geduld und der Liebe, die Chico für sie aufgebracht hat, über all das hinweggekommen ist.

Nie hätte er das Chico zugetraut, doch er hat sich wegen ihr komplett geändert. Wahrscheinlich haben die beiden sich deshalb mit den Kindern am meisten Zeit gelassen. Paco legt den Arm um sie, die erste Zeit durfte keiner von ihnen zu nah an sie heran, sie hat die Nähe von Männern nicht ertragen, doch mittlerweile ist sie genauso fest bei ihnen ins Familia-Leben eingebunden wie alle anderen.

»Mach dir keinen Kopf, wir passen schon auf, es wird alles gut!« Paco verspricht es ihr, doch sie sieht ihn traurig an. »Ich habe kein gutes Gefühl bei der Sache!« Paco gibt ihr einen Kuss auf die Wange und als er zur Seite sieht, trifft er auf Manos Blick, der genau das Gleiche ausdrückt, was Adriana sagt.

Es wird alles gut, da ist sich Paco absolut sicher.

Die zwei Wochen, bevor es losgeht nach Kolumbien, haben die Männer damit zu tun, ihre Frauen zu beruhigen. Jede Frau der Familie, wirklich jede Einzelne, will diesen Auftrag nicht. Sie müssen immer wieder versichern, dass alles gut wird, dass sie sich keine Sorgen machen müssen und es eine einmalige Sache bleibt. Paco kann es daher kaum erwarten, dass es losgeht und sie diese Angelegenheit hinter sich bringen.

Bevor er, einen Tag vor der Reise, losfährt um Latizia abzuholen, geht er Bella suchen und findet sie im Schlafzimmer vor. Sie sitzt neben der bereits gepackten Tasche und hält ein Shirt von Paco in der Hand, was er vorhin gewechselt hat und auf dem Boden hat liegen lassen.

Als er eintritt, sieht sie hoch und er erkennt Tränen in ihren Augen. Paco seufzt und geht zu seiner Frau. »Wieso macht ihr es uns so schwer? Hab doch etwas Vertrauen in uns.« Bella nickt und wischt sich eine Träne weg. »Habe ich auch, trotzdem will ich nicht, dass du gehst!« Paco geht zu seiner Frau und küsst ihre Stirn. »Wir werden uns beeilen und schnell wieder da sein, ich verspreche es!« Bella zieht ihm sein Shirt aus und Paco lacht. »Du bist ja gar nicht mehr satt zu kriegen, seit wir uns das mit dem Baby überlegt haben.«

Bella haut ihm leicht auf die Brust, sie küsst die Stelle, wo er wegen ihr eine Narbe am Herzen hat und ihren Buchstaben tätowiert hat, dann zieht sie aus ihrer Hosentasche eine Kette mit einem Kreuzanhänger. Paco verdreht die Augen.

»Bella, du sollst dir keine Sorgen machen.« Bella lässt in gar nicht weiterreden. »Deine Kette ist dir damals kaputt gegangen und etwas Beistand von oben kann niemals schaden. Ich habe die Kette gestern von unserem Padre segnen lassen.« Sie bindet ihm die goldene Kette um. Paco gefällt sie mit dem Kreuzanhänger. Bella kennt seinen Geschmack.

Als er sich den Anhänger ansieht, entdeckt er, dass die Namen von Bella, Latizia und Leandro eingraviert sind. »Danke Schatz!« Bella kuschelt sich an seine Brust. »Ich muss los, ich will Latizia abholen.« Dieses Mal seufzt sie schwer auf. »Weshalb?« Paco sieht sein Shirt wieder über. »Ich habe in den letzten Tagen nur Zeit für Leandro gehabt, ich dachte, wir machen mal wieder so ein Vater – Tochter Ding. Eis essen oder Schuhe kaufen oder so etwas. Bella kneift die Augenbrauen zusammen, doch dann lächelt sie. »Okay, dann wünsche ich euch viel Spaß.«

Als Paco an der Schule ankommt, wollen Leandro und Kasim gerade in Leandros Wagen einsteigen. Seit zwei Tagen ist das Auto da. Auch wenn er den Führerschein noch nicht in der Tasche hat, fährt er schon damit. Paco geht zu den beiden und fragt nach Latizia. Leandro sieht verwundert zu seinem Vater. »Sie hat schon seit einer Weile Schluss, ist sie nicht zu Hause?« Paco kann es nicht abstellen, dass sich sofort ein ungutes Bauchgefühl in ihm breit macht, vielleicht hat sie einen anderen Weg genommen und ist bereits zu Hause, er versucht ruhig zu bleiben.

»Ist alles klar Papa? Wir fahren zu Sanchez.« Paco nickt nur und holt sein Handy heraus. Er versucht Latizia anzurufen, doch wie meistens bei Bella und ihr, ist es aus, beide mögen Handys nicht. Paco flucht und ruft zuhause an um zu fragen, ob sie bereits da ist.

Bella sagt ihm, dass sie nicht angekommen ist, er nicht so ein Drama machen soll und sie vielleicht noch bei einer Freundin ist. Paco legt sauer auf, Latizia ist wie ihre Mutter. Bei seinen Gedanken erinnert er sich an etwas, steigt in sein Auto und gibt Gas.

Sein Bauchgefühl bestätigt sich, als er die Tür zum Dach der Uni öffnet und seine Tochter erblickt, die auf genau dem gleichen Platz sitzt, wie es Bella damals immer getan hat.

Paco muss lächeln. Latizia erschreckt sich, als sie ihn sieht, doch als sie merkt, dass er nicht böse ist, lächelt sie zurück. Er liebt seine Tochter über alles, für ihn gibt es nichts Besseres, als sie glücklich zu sehen. Er setzt sich zu ihr. »Was tust du hier, Süße?« Seine Prinzessin kuschelt sich gleich an ihren Vater. »Ich komme manchmal her, um mich etwas zu entspannen, hier bekommt man so einen freien Kopf, Mama hat mir den Ort gezeigt.«

Paco gibt ihr einen Kuss auf die Stirn. »Ich weiß, deine Mutter hat es hier oben geliebt.« Paco erinnert sich an die vielen Male, wo er Bella hier angetroffen hat und lehnt sich entspannt zurück. Sein Blick fällt auf Sierra. Früher war die Stadt aufgeteilt, heute gibt es diese Grenzen nicht mehr und das nur wegen dieses unglaublich hübschen und sturen Mädchens, dass er hier vor einigen Jahren immer wieder aufgesucht hat.

»Mama macht sich Sorgen, weil ihr morgen alle nach Kolumbien fliegt ... und ich auch!« Paco fasst sich automatisch an das Kreuz, was er nun wieder trägt.

»Keiner muss sich Sorgen machen, es wird alles gut!«

Kapitel 5

Paco kann sich nicht daran erinnern, dass sie schon einmal zu so vielen gereist sind. Natürlich haben sich die Familias längst neben einigen kleinen auch einen größeren Jet zugelegt und heute ist dieser komplett gefüllt. Sie sind fast hundert Mann und immer noch sind einige, die noch nicht so lange oder nicht so fest zur Familia gehören, in Sevilla geblieben.

Paco sitzt neben Juan, der eingeschlafen ist und dessen Kopf auf Pacos Schulter fällt. »Dass ihr euch mal so lieb habt...«, witzelt Rodriguez, der vor ihm sitzt. Paco kneift seinem Schwager in die Wange. »Wir landen gleich!« Juan setzt sich langsam wieder auf und streckt sich, während Paco auf das Land, dem sie sich immer mehr nähern, schaut.

»Ich hasse Kolumbien!« Juan sieht auch zum Fenster und schnalzt mit der Zunge. »Es ist nur ein Land, alle tun so, als wäre es mit einem Fluch für uns belegt.« Nach einer Weile erkennt Paco den Flughafen, sie setzen zur Landung an.

Alle rücken sich zurecht, jeder hat nur eine Sporttasche mit dem nötigsten für zwei, höchsten drei Tage dabei, längere Zeit verbringen sie hier auf keinen Fall. Das Flugzeug hält, Paco blickt auf die Landebahn. Der Flughafen ist komplett leer, es ist zwar kein großer Flughafen, doch er entdeckt kein einziges anderes Flugzeug. Lediglich die Mietwagen, welche sie in die große Unterkunft bringen sollen, die sie für die Zeit gemietet haben, stehen bereit.

Davor stehen die zwei Geschäftsmänner und warten auf sie. »Na dann, los geht's!«

Rodriguez erhebt sich als erster. Sie verlassen das Flugzeug von zwei Seiten. Nachdem die ersten Männer das Flugzeug verlassen haben, tritt auch Paco heraus. Es liegt irgendwas in der Luft, er spürt, dass etwas nicht stimmt. Auch Rodriguez, der etwas weiter vorne ist, dreht sich zu ihm um, er spürt es ebenfalls. Plötzlich ändert sich alles.

Hinter den Mietwagen erscheinen mehrere Hundert schwer bewaffnete und maskierte Polizisten der kolumbianischen Behörden. Die puertoricanischen Geschäftsmänner ziehen ebenfalls Waffen und richten sie auf die Familias, die alle verdutzt stehen bleiben. Im selben Moment erscheint ein Helikopter am Himmel. Mehrere Waffen werden auch von oben auf sie gerichtet.

»Werft die Waffen hin und alle auf den Boden!« Paco sieht und hört, wie jeder seine Waffen zieht, erst jetzt reagiert er. Wut steigt in ihm hoch. »Verdammte Bastarde!« Rodriguez vor ihm zieht ebenfalls die Waffe, Ramon tritt blitzschnell neben ihn. »Keiner soll schießen!«, gibt er die Anweisung an alle, er war auf der anderen Seite, wo Juan und die anderen ausgestiegen sind.

»Es sind zu viele, das gibt ein Blutbad auf unserer Seite.« Rodriguez wirbelt zu seinem Bruder um. »Denkst du, wir lassen uns hier gefangen nehmen?« Die Polizei wird unruhig. »Waffen hinlegen, sofort!« Paco flucht, auch Miko kommt ebenfalls auf ihre Seite des Flugzeuges gerannt. »Zurück ins ...«

In dem Moment werden Schüsse auf das Cockpit abgegeben und dabei garantiert der Pilot der Familia getötet. »Auf der anderen Seite stehen noch einmal doppelt so viele Polizisten, innerhalb von zwei Minuten sind wir alle weg!« Miko sieht Paco in die Augen.

»Kämpfen mit keiner Chance auf unseren Sieg, oder ergeben wir uns?« Alle Männer um sie herum sehen sich unsicher um. »Miguel ist dabei, wir können das unseren Familien nicht antun, was sollen sie uns schon anhaben, die Polizei hier wird genauso bestechlich sein wie in Puerto Rico, wir wissen ja noch nicht einmal, was sie uns vorwerfen!«

Paco sieht zu seinem Neffen, der ganz blass oben am Flugzeug steht. Ramon hat recht, sie werden irgendwie aus der Sache herauskommen, doch wenn sie jetzt einen Feuerwechsel anfangen, haben sie keine Chance. Paco wirft seine Waffe auf den Boden und Miko geht zurück auf die andere Seite, um dort Bescheid zu geben. »Alle Waffen weg und auf den Boden!« Immer mehr folgen

Pacos Beispiel, auch wenn er vor Wut platzen könnte sich so zu ergeben, sie haben keine andere Wahl.

Es dauert, bis alle ihre Waffen niedergelegt und sich auf den Boden hingelegt haben. Während jemand ihm Handschellen umlegt, sieht Paco, dass zwei große Busse vorgefahren werden. »Trennt sie, die Surenas und die Puntos werden getrennt in die Busse gesetzt!«

Paco geht im Kopf durch, was sie jetzt erwarten könnte, sie müssen so schnell wie möglich Lucy erreichen, die Frau von Tito hat Jura studiert und ist Anwältin, auch wenn sie den Beruf nicht ausübt. Als er allerdings das Grinsen des Polizisten sieht, der hier offensichtlich das Sagen hat, während er in den Bus gebracht wird, weiß er nicht, ob es ihnen helfen wird.

Als sie alle sitzen, wird es laut im Bus. Die Surenas fluchen und beschimpfen die Polizei, Rodriguez, der neben Paco sitzt, gibt die Anweisung die Klappe zu halten, auch er versucht krampfhaft eine Lösung zu finden. Dann kommt der Polizist und einer der Männer, die sich als puertoricanische Geschäftsmänner ausgegeben haben.

Beide bauen sich zufrieden vor allen auf. »Mein Name ist Garcias Coron, ich bin der Hauptkommissar in Kolumbien gegen Familias wie eure!« Chico spuckt vor ihm auf den Boden. »Wir sind keine Kolumbianer und es wird interessant, was sie uns vorwerfen wollen. Dass wir in ihr Land geflogen sind?«

Da schaltet sich der andere Mann ein. »Ich bin der leitende Agent in Puerto Rico, wir haben keine Probleme mit euch, doch die Kolumbianer haben einfach zu gut gezahlt.« Agent Garcias lacht auf und gibt ihm die Hand. »Vielen Dank Samon, ab jetzt übernehmen wir und ihr habt etwas mehr Platz in Puerto Rico.« Die verdammten Puertoricaner sind alle zu bestechlich, der Mann schüttelt dem Kolumbianer die Hand. »Immer wieder gerne!«

Nachdem die puertoricanischen Polizisten gegangen sind, wendet sich Garcias wieder an sie. Es ist unerträglich heiß in dem Bus und das Ganze zieht sich immer länger hin. »Euch wird vorgeworfen, Orlando Dimengo und viele weitere Personen getötet zu haben und Waffen nach Kolumbien einzuschmuggeln. Paco lacht hart auf. »Orlando war ein Mörder, Dealer und Frauenhändler, denken sie damit kommen sie durch?« Der Mann sieht ihm direkt in die Augen.

»Orlando war vor allem eines, eine gute Einnahmequelle bei unseren niedrigen Löhnen. Seit die Rónas weg sind, haben wir ein Problem hier und deswegen habt ihr nun ein Problem. Wir sperren euch weg, nehmen euch vom Markt. Wie lange glaubt ihr dauert es, bis sich neue Familias wieder an die Macht trauen? Sie werden Unmengen von Geld zahlen, damit ihr schön weggesperrt bleibt. Ich könnte euch auch einfach erschießen lassen, doch das wäre nicht so lukrativ, so haben die anderen immer Angst, ich lasse euch wieder frei und zahlen fleißig, damit ihr hier in unserem tollen Land bleibt.«

Rodriguez lehnt sich entspannt zurück. »Das haben sie sich ja fein ausgedacht, wieso einigen wir uns nicht auf einen Betrag und sie lassen uns gehen, so ersparen wir alle uns eine Menge Ärger. Der wird kommen, so gut sollten sie uns kennen!«

Garcias hebt die Schulter. »Ich kenne euch so gut, um nicht so dumm zu sein und Geschäfte mit euch zu machen. Und das es Ärger gibt bezweifle ich, immerhin hat bis jetzt alles reibungslos geklappt.« Ramon, der neben dem blassen Miguel sitzt, zwinkert dem Polizeichef zu, keiner von ihnen glaubt daran, dass sie hier nicht schnell wieder herauskommen.

»Dann reden sie ab jetzt nur noch mit unseren Anwälten, sie hätten sich vorher überlegen müssen, mit wem sie da vor Gericht ziehen.« Garcias lacht schallend los. »Anwälte? Gericht? Bestimmt wollt ihr auch noch einen Anruf tätigen? Denkt ihr etwa, wir sind hier in Scheiß-Amerika? Hier gelten meine Gesetze, also freut euch auf euer neues Zuhause!«

Mit diesen Worten verlässt er den Bus und geht zu dem anderen Fahrzeug, in dem Juan und seine Familia festgehalten wird. Paco sieht aus dem Fenster, er erinnert sich an die Worte der Frauen. Ob sie schon etwas mitbekommen haben? Als er aus dem Fenster auf rauchende und lachende Polizisten blickt, flucht er laut auf. Er hasst Kolumbien!

Die Busse setzen sich in Bewegung. Sie fahren lange, und mit dem Hunger und dem Durst, den sie in der Hitze des Busses verspüren, kommen ihnen die Minuten ewig vor. Paco sieht nicht mehr aus dem Fenster, er will dieses verfluchte Land nicht sehen. Die ganze Fahrt beredet er sich leise mit Ramon und Rodriguez, was sie jetzt tun sollen.

Ihnen wurde alles weggenommen, die Waffen, die Handys, doch er hat auch gesehen, dass ihr Gepäck zu den Bussen gebracht wurde. Vielleicht ist das für sie noch eine Möglichkeit oder sie können noch einmal mit dem Polizeichef reden, kein Mensch ist unbestechlich, es kommt nur auf die richtige Summe an.

Als sie dann endlich halten, dauert es dieses Mal für sie so lange, bis dieser Garcias aus dem anderen Bus zu ihnen herüberkommt. Sie halten vor einem abgesperrten Gebiet. Es stehen Unmengen von Wachen vor einer großen Mauer, man sieht nicht einmal das Gebäude dahinter, doch Paco weiß, dass es ein Gefängnis ist.

Als Garcias dann in den Bus kommt, deutet er auf die Mauer. »Euer zukünftiges Zuhause! Natürlich waren alle Gefängnisse zu überfüllt, um mal eben 100 der schwersten Verbrecher Puerto Ricos..« Josir unterbricht ihn. »Ihr seid die Verbrecher, aber lass dich nicht stören, ihr werdet noch sehen, was ihr davon habt!« Er lehnt sich entspannt zurück.

Niemand von ihnen würde zeigen, dass sie Bedenken haben oder nicht wissen, wie es weitergehen soll. »Wie auch immer, ich bin auf dieses Gebäude gestoßen, es waren bis vor ein paar Jahren noch einige alte Kriegsverbrecher hier, die nach und nach alle gestorben sind. Natürlich hat der Staat dafür gesorgt, dass es ihnen gut geht. Es ist zwar eines der am besten bewachten Gefängnisse Kolumbiens, aber im Vergleich zu den anderen sehr komfortabel. Da ich eine Weile an euch verdienen möchte, sollt ihr es euch ruhig gut gehen lassen, es gibt sogar einen Pool.

Ihr bekommt zwei mal die Woche Essen geliefert und könnt eine Liste machen mit dem, was ihr wollt. Es soll euch nicht schlecht gehen, versteht das nicht falsch, aber es geht ansonsten nichts rein oder raus. Ihr werdet gut überwacht, auch wenn ihr es nicht merkt.« Er tritt zur Seite und deutet ihnen auszusteigen. »Willkommen zuhause!«

Als sie den Bus verlassen, von Truppen von Polizisten bewacht, treffen sie wieder mit den Puntos zusammen. Juan stellt sich zu Paco. »Sobald das hier vorbei ist, gehört dieser Garcias mir, ich will mich um ihn kümmern!« Paco nickt. »Dafür müssen wir erst einmal eine Lösung finden.«

Sie sollen sich in eine Reihe vor dem riesigen Tor einfinden. »Das werden wir, glaub mir, solange verhalten wir uns ruhig.« Es postieren sich mehrere Wachen vor dem Tor und öffnen es. Neben ihnen werden die Gepäckstücke hingelegt. Paco hat noch eine Waffe und ein Ersatzhandy dabei, die meisten von ihnen haben das immer als Ersatz noch einmal in der Tasche.

Jeder muss einzeln vortreten, er wird noch einmal kontrolliert, eine Tasche hochgenommen, der Inhalt durchwühlt, Waffen, Handys und alle spitzen Gegenstände entfernt. Ob es seine Tasche ist oder nicht, er kriegt sie in die Hand gedrückt, die Handschellen werden abgenommen, er soll durch das Tor gehen.

Paco flucht erneut, die haben das alles genau geplant, wer weiß wie lange schon.

Als er dran ist, nimmt er eine Tasche entgegen und betritt einen Innenhof. Ringsherum ist ein weißes Gebäude, ganz wie ein Gefängnis wirkt es nicht, das Haus ist weiß und offen, aber die riesigen Mauern drumherum lassen keinen Zweifel über den Ort, an dem sie sich hier befinden.

Auf dem Hof stehen ein paar Tischtennisplatten, ein kleiner Pool, einige Bäume spenden Schatten. Paco schleudert wütend seine Tasche auf den Haufen, der sich im Innenhof gebildet hat. »Steht auf, durchkämmt jeden Winkel hier, seht euch alles an, und sobald ihr etwas findet, bringt es her. Danach besprechen wir, wie es weitergeht!«

Miko geht mit ihm los, sie gehen einfach in eines der Erdgeschosse hinein. Das Gebäude ist ein großes Viereck, 3 Seiten sind mit einem Erdgeschoss und einem Stock versehen, welcher von mehreren massiven weißen Steintreppen begehbar ist. Die vierte Wand besteht einfach nur aus einer Mauer und dem großen bewachten Tor, hinter dem Gebäude ist sofort die riesige Mauer. Ein großer Käfig und sie mitten drinnen.

Das Erdgeschoss ist ein großer Raum, in dem sich ein Fernseher und mehrere Sofas und Sessel befinden, hinter anderen Türen finden sie Toiletten und Duschen. Für ein Gefängnis sind sie in einem guten Zustand, aber Paco denkt nicht daran, an der Situation etwas Gutes zu sehen.

Ganz am Ende befindet sich eine Küche. Sie müssen sich hier offensichtlich selber verpflegen. Er findet mehrere Kisten mit Wasser und auch einige Softgetränke, alles in Plastikflaschen, die Bastarde haben an alles gedacht. Es gibt drei Kühlschränke mit dem wichtigsten gefüllt, Joghurts, Milch, Eier, Fleisch, es gibt sogar Obst.

Als Paco in einem Schrank Süßigkeiten findet, schlägt er wütend die Tür zu. Denkt Garcias, dass sie ihren Aufenthalt hier genießen werden und so vielleicht nicht flüchten wollen? Er entdeckt, dass die Gurken und Tomaten schon vorgeschnitten sind, als er in die Schubladen guckt, sieht er nur Plastikbesteck.

Nichts Scharfes, der Mann weiß, worauf er zu achten hat. Miko und er trinken etwas, und als andere vorbeikommen, geben sie ihnen Wasser um es an alle zu verteilen, jeder wird Durst haben nach diesen Stunden.

Sie gehen in den ersten Stock, hier finden sie nur kleine Zellen, einige mit einem, manche mit Doppelbetten, ein Tisch steht drinnen, ein Schrank, eine Anlage, alle sehen gleich aus. Paco findet nichts, womit er etwas anfangen kann.

Ganz am Ende ist ein Raum mit Waschmaschinen und wieder einigen Getränkekisten. Paco tritt gegen die Tür und ruft von dem Geländer über den Hof zu den anderen Seiten des Gebäudes, wo sich andere umsehen. Es ist überall genau identisch.

Juan, der auf dem Hof steht und sich umsieht, flucht auf. Gerade ist der Letzte hereingekommen und mit mehreren Polizisten an der Seite tritt Garcias zu ihnen, zu weit hinein wagt er sich allerdings nicht. Er wirft mehrere Stangen Zigaretten auf den Boden. »In zwei Tagen kommt einer mit einer neuen Lieferung. Macht eine Liste, was ihr noch haben wollt, ich überprüfe sie dann und bis dahin benehmt euch!«

Er sieht zu Paco nach oben mit seinem Grinsen im Gesicht, Paco spuckt auf den Boden. In zwei Tagen ist der Mann ein toter Mann, dafür wird Paco alles tun.

»Alle herkommen!« Nach und nach versammeln sie sich auf dem Hof dieses Gebäudes. Man sieht den Männern an, dass sie wütend aber auch verunsichert sind, sie waren noch nie in so einer Situation, wo es im ersten Moment so aussieht, dass sie sich geschlagen geben müssen.

»Okay, habt ihr euch schon umgesehen, gibt es irgendeinen Schwachpunkt?« Einige schütteln den Kopf. »Wir haben noch nichts gefunden, mit dem wir etwas anfangen können und vielleicht die Wachen überwältigen, aber wir sollten noch einmal suchen, vielleicht fällt jemandem etwas ein.«

Paco kann nicht verhindern, dass er sich geknickt anhört, auch ihm setzt diese Situation zu. Er sieht zu seinen Neffen und einigen Jüngeren, die am meisten unter all dem hier leiden. »Geht gleich erst einmal etwas essen und trinken.«

Ramon läuft umher. »Wir können die Wachen nicht überwältigen, sie setzen keinen Fuß hier rein, du hast doch gesehen, was für einen Abstand sie halten. Wir müssen Kontakt zu Sierra aufnehmen, die drehen dort sicher schon durch!«

Paco durchfährt ein furchtbarer Schmerz, als er an Bella und seine Kinder denkt. »Jeder durchsucht seine Tasche, vielleicht haben sie irgendetwas übersehen.« Paco wühlt wie alle anderen sein Gepäck durch, nur noch Klamotten und sein Duschzeug sind da, sogar sein Rasierer ist weg. »Wir bekommen neue, die man nur einmal benutzen kann, mit stumpfen Klingen, haben sie mir gesagt.«

Paco blickt zu einem Jungen der Trez Puntos, der blass und niedergeschlagen wirkt. Er hat ihn schon öfter gesehen und bisher noch nicht mitbekommen, dass er heute auch dabei ist. Der Junge blickt zu Pacos Tasche, in die er wütend das Duschzeug zurückgeworfen hat. Der Junge ist höchstens achtzehn. Paco schwört sich, dass dieser Junge nicht lange hier bleiben muss.

Kapitel 6

»Sie haben mein Handy übersehen!« Diese Aussage von einem Mitglied der Puntos lässt jedem sein Herz schneller schlagen.

Er hält ein kleines weißes Gerät hoch und alle versammeln sich um ihn. Juan nimmt es dem Mann sofort aus der Hand, doch Rodriguez stoppt ihn. »Bevor du es anschaltest, das ist unsere einzige Verbindung nach draußen, redet schnell und macht es dann wieder aus, wir werden es solange wir hier sind sicher noch gebrauchen! Am besten ruft ihr Lucy an, sie wird wissen, was man tun kann.«

Juan gibt Tito das Handy, der es sofort auf Lautsprecher stellt. Allein der Klingelton fühlt sich gut an und als Lucy dann mit einen angespannten, »wer ist da?« rangeht, muss Paco lächeln. Sobald sie hört, wer am Telefon ist, beginnt sie zu weinen. Sie wissen nichts, und alle machen sich große Sorgen.

Tito hat nicht viel Zeit, er erklärt ihr in schnellen Worten, was passiert ist. Auch wenn Lucy immer mehr weint und er auch Bella und die anderen im Hintergrund hört, versteht Lucy, dass das Handy ihr einziger Kontakt ist und sie ihn schnell nutzen müssen. Sie verspricht, sich sofort an die Arbeit zu machen, sie alle und sich die Männer schnell wieder melden sollen. Tito sagt, dass sie am Abend noch einmal anrufen und gucken, ob sie schon etwas erreichen konnten. Er beruhigt sie noch einmal, erklärt, dass es allen gut geht, sie Essen, Duschen und ein Bett haben und die Frauen sich nicht zu große Sorgen machen sollen.

Sobald das Gespräch beendet ist, schaltet er das Handy aus und Juan steckt es ein. »Dann beten wir, dass den Frauen etwas einfällt, mir gelingt es nämlich nicht.« Chico schnalzt mit der Zunge. »Es wird sicher ein, zwei Tage dauern, lasst uns das Beste daraus machen, geht duschen, sucht euch ein Bett. Wer von euch Luschen kann kochen?«

Auf einigen Gesichtern bildet sich wieder ein Lächeln, der Anruf hat gut getan. Paco hat Hunger. »Komm schon Miko, ich weiß, dass du es kannst!« Miko sieht seinen Freund unter seinem Cap streng an. »Ich kann ein paar Eier in die Pfanne hauen, das heißt doch nicht, dass ich für hundert Männer kochen kann.« Juan klopft ihm auf die Schulter. »Wir helfen alle, eine Familia, lasst uns diesen Idioten zeigen, dass sie uns nicht klein kriegen!«

Paco nimmt sich eine der Zellen, neben ihm ist Ramon. Als Paco zu ihm hinübergeht, sieht dieser ihn niedergeschlagen an. »Wieso habe ich meinen Sohn mitgenommen?« Paco setzt sich auf das Bett und wischt sich müde über das Gesicht. »Keiner von uns wusste, dass es so kommen würde.« Ramon setzt sich neben seinen Bruder. »Die Frauen wollten nicht, dass wir gehen, wieso haben wir nicht einmal auf sie gehört?«

Paco weiß es nicht, doch sich darüber den Kopf zu zerbrechen, bringt sie jetzt auch nicht weiter. »Lass uns sehen, dass wir hier so schnell wie möglich herauskommen, wir müssen sehr auf Miguel achten, wo ist er?« Ramon zeigt raus. »Duschen, ich habe extra gesagt, er soll bei mir schlafen, ich bete, dass alles gut wird!« Paco nickt und geht ebenfalls zu den Duschen, das wird es, das muss es.

Irgendwie haben sie es geschafft, aus dem Vorhandenen etwas Essbares zu machen, die drei Küchen sehen jetzt zwar aus, als wären da drin mehrere Handgranaten zerplatzt, doch sie bleiben nicht lange, von daher stört es keinen. Geduscht und mit etwas im Magen fühlen sich alle gleich etwas besser, sie rufen noch einmal bei Lucia an. Sie geht auch sofort an das Handy, doch sie hat keine guten Nachrichten.

Es ist schwer an Informationen zu kommen, sie hat nur ein Dokument auffinden können, in dem steht, dass sie alle wegen gemeinschaftlicher Morde in Haft genommen wurden. Es ist ein Gerichtsbeschluss, der nicht anzufechten ist. Wenn Lucy hier in Puerto Rico an jemanden herantritt, machen alle sofort dicht, sie haben in Kolumbien nichts zu sagen und es liegt nicht in ihrer Macht.

Egal wie viel Geld Lucy bietet, niemand geht darauf ein. Sie konnte Garcias zwar erreichen, doch er hat nur gelacht über jede

Drohung, jedes Angebot und ihnen mitgeteilt, dass sie alle, die noch in Puerto Rico sind, Einreiseverbot nach Kolumbien haben. Sie dürfen keine Briefe, Pakete oder Geld schicken.

Lucia verspricht alles weiter zu versuchen. Bella kommt an das Handy und Paco macht den Lautsprecher aus. »Schatz, ich weiß nicht mehr, was ich tun soll, bitte kommt nach Hause, alle drehen hier durch. Ich kann nicht ohne dich sein.« Bellas Tränen zerreißen sein Herz. »Ich komme zurück, ich verspreche es!« Juan deutet an aufzulegen und sie trennen schnell die Verbindung. Der Akku hält nicht mehr lange und sie haben nicht mal den Ansatz einer Lösung.

Die etwas bessere Stimmung ist wieder weg. Sie sitzen auf dem Hof, bis es zu dunkel ist die anderen zu erkennen. Jeder denkt sich etwas aus, es werden Pläne geschmiedet, die Wachen hereinzulocken und dann zu überwältigen. Doch ohne Waffen wird es nicht möglich sein, sie sind alle zu vorsichtig. Es kommen immer neue und immer weniger realisierbare Vorschläge, bis sie schlafen gehen. Paco kriegt jedoch kein Auge zu und weiß, dass er nicht der Einzige ist.

Er denkt an seine Familie, wie es jetzt weitergeht, über eine Lösung denkt er nicht mehr nach, denn es steht fest, von allein, ohne Hilfe von außen, kommen sie hier nicht raus.

Der nächste Tag wird heiß, jeder geht irgendeiner Beschäftigung nach, um nicht den Verstand zu verlieren, irgendwann finden sich sogar welche, die freiwillig die Küche aufräumen, nur um etwas zu tun zu haben. Santana, der ihnen zu dem Deal geraten hat und vor schlechtem Gewissen kaum aufsehen kann, entpuppt sich als kleiner Meisterkoch und übernimmt das Einteilen und Zuweisen in der Küche. Einige Jüngere fangen sogar ernsthaft an eine Liste zu erstellen, wie Garcias sie gefordert hat.

Sie schreiben Fitnessgeräte, Playstation und DVD-Sammlungen auf, alle scheinen sich darauf einzustellen, dass sie länger hier bleiben. Paco will das nicht einsehen, Tito hat am Nachmittag noch einmal mit Lucy geredet, die Frauen haben nicht geschlafen, aber auch sie haben keine weiteren Ideen mehr. Die noch da gebliebenen Männer sind zu wenig und zu unerfahren, um auch nur einen kleinen Angriff zu starten. Am Abend redet Tito noch einmal mit ihr. Als er schnell wieder auflegt und alle zusammenruft, weiß Paco, dass es nichts Gutes zu bedeuten hat.

Die Frauen haben heute von den restlichen Männern erfahren, dass es sich herumspricht, dass die Trez Puntos und die Les Surenas weg sind, es sollen schon einige Familias nach Sierra unterwegs sein.

Alle fluchen auf und beginnen durcheinander zu sprechen. »Sie wollen sich die Geschäfte von uns unter den Nagel reißen und ich wette, es dauert nicht lange und die Kolumbianer sind da.« Paco zögert keine Sekunde. Er nimmt Tito das Handy aus der Hand. Bella ist die Einzige der Frauen, die von Geburt an zu den inneren Kreisen gehört.

Er bittet Lucia schnell Bella zu holen. »Bella höre mir jetzt genau zu. Ruft alle Frauen an, alle, eure Tanten, deine Mutter, nehmt alles was ihr könnt, packt die Sachen und verlasst sofort Puerto Rico. Überweist alles Geld von den Konten auf die amerikanischen Konten, auf die man nur von da zugreifen kann. Sagt niemandem, wohin ihr geht, am besten taucht in Amerika ab und sagt auch da niemandem, wer genau ihr seid. Hast du verstanden, Bella? Ihr müsst da verschwinden. Sofort!«

Bella schluchzt ins Telefon. »Was ist mit Sierra? Unserem Haus? Wir können doch nicht ... das ist unser Zuhause!« Paco will sie einfach nur in den Arm nehmen, es quält ihn alles zu sehr. »Bella, wir können jetzt nichts tun, wenn andere Familias kommen und die Frauen der inneren Kreise vorfinden, passieren schlimme Sachen. Nimm auch die Jungs mit, egal was sie sagen, sie werden die restlichen Trez Puntos und Surenas auslöschen wollen, die Jungs sollen auf keine dummen Gedanken kommen und mit euch gehen. Wir rufen später an.

Und Bella, macht das alles sofort, ihr müsst so schnell wie nur möglich weg da. Nehmt keine von unseren Maschinen, nehmt die nächsten Flüge, verteilt euch egal wohin und verabredet dann einen Treffpunkt, den nur ihr kennt.«

Die nächsten Stunden sind die reinste Hölle, keiner kann ruhig sitzen, wenn die Frauen nicht schnell genug sind, kann so viel passieren, doch jedes Mal wenn sie anrufen sind sie schon weiter und am nächsten Tag gegen Mittag stehen sie alle am Flughafen, alle Frauen der inneren Kreise und Kinder der Les Surenas und der Trez Puntos verlassen das Land.

Für die anderen besteht keine Gefahr, allen bekannt sind nur die Familien der inneren Kreise. Bella berichtet ihnen, dass sie alles Geld gesichert haben, den Männern, die noch da waren und ihren Familien einiges gegeben haben und nur das Nötigste bei sich haben. Sie mussten alles zurücklassen. Wenigstens haben sie genug Geld, dass sie sicher wissen, die Frauen werden, egal wo sie hingehen, zurechtkommen. Nach und nach kommen alle kurz ans Handy, sie haben keinen Akku mehr und wissen nicht, wie und wann sie wieder mit ihnen in Kontakt treten können.

Bei Bella und ihm endet der Akku, er kann seiner Frau nur noch sagen, dass er sie liebt und dass sie es auch seinen Kindern sagen soll. Er schmeißt das Handy auf den Boden, als es ausgeht und endgültig den Kontakt nach draußen unterbricht. In jedem einzelnen Gesicht der anderen sieht er es, jetzt weiß er es, sie werden hier nicht wieder herauskommen, nicht einfach so, nicht so schnell, wie sie es gehofft haben.

Paco geht in seine Zelle, um alleine zu sein. Alles mischt sich in ihm zusammen, Wut, Trauer, er weiß nicht wohin damit. Wie in Rage schlägt er mit seiner Faust gegen die Wand, bis sie nicht mehr weiß, sondern mit Blut bespritzt ist, doch er kann den Schmerz nicht fühlen, sein Inneres ist so erfüllt mit Wut, dass nichts dahin reicht.

Erst als er nicht mehr kann, setzt er sich aus Bett. Paco weiß nicht, wann er das letzte Mal geweint hat, es muss ewig her sein, doch jetzt laufen ihm Tränen der Wut und der Machtlosigkeit die Wangen herunter. Sein ganzes Leben lang konnte er etwas tun, sich durchkämpfen, gegen etwas halten, für etwas kämpfen, das erste Mal ist er vollkommen machtlos. Er fasst an die Kette, die ihm Bella geschenkt hat, nimmt sie von seinem Hals und kniet sich auf den Boden.

Ihm ist es egal, dass seine Hände blutig sind, als er sich bekreuzigt, Gott kennt seinen Schmerz. Er fleht ihn an ihm zu helfen und auf seine Familie aufzupassen, das ist alles was Paco tun kann, und es bringt ihn beinahe um.

18 Monate später

LES SURENAS

LA S

Ramon & Jennifer	Rodriguez & Melissa	Paco
Miguel, 23 Jahre Sami, 21 Jahre	Dilara, 19 Jahre Damian, 16 Jahre	

Chico & Adriana	Ramos & Juana	Mano & Gabriella	Hernandez & Elena	Jos
Jesus, 12 Jahre Omar, 7 Jahre	Adora, 14 Jahre	Nesto, 16 Jahre	Kasim, 17 Jahre Marina, 14 Jahre	

RRA

Trez Puntos

&	Bella	Juan & Sara
Leandro, 18 Jahre Latizia, 15 Jahre		Sanchez, 17 Jahre Ciro, 15 Jahre

Miko & Sam	Raul & Eva	Pepo & Danijela	Tito & Lucia
Enrique (Rico), 16 Jahre Abelia, 14 Jahre	Estefania, 15 Jahre	Saul, 14 Jahre Yara, 13 Jahre	Prince (PJ), 15 Jahre

Kapitel 7

»Cumpleaños feliz, cumpleaños feliz...«

Leandro sieht von seinem Teller auf, als seine Mutter mit einem Kuchen an den Essenstisch kommt, auf dem achtzehn Kerzen brennen. »Mama, ich hab gesagt, ich will nicht feiern!« Sie lächelt. »Ich weiß, wir feiern nicht, das ist nur ein Kuchen.« Leandro weiß, wie selten das Lächeln seiner Mutter ist und will diesen Moment nicht kaputt machen, also pustet er die Kerzen aus, Latizia und seine Mutter klatschen. »Mögen all deine Träume in Erfüllung gehen!«

Er hört den Schmerz in ihrer Stimme, sie alle haben nur einen Wunsch, träumen tun sie schon lange nicht mehr. »Ich habe eine Kleinigkeit für dich«, fast schon ängstlich schiebt ihm seine Schwester ein kleines Geschenk hin. »Danke.« Leandro muss sich immer wieder selbst daran erinnern, seine Wut und seine Trauer nicht an ihnen auszulassen.

Er öffnet das Geschenk und entdeckt eine Kette mit einer silbernen Armee-Plakette, wie er sie schon immer haben wollte. Als er sich die Plakette genau ansieht, entdeckt er, dass ein Kreuz eingraviert ist und ganz leicht ein Bild darauf gestanzt ist. Seine Familie, ein Bild von besseren Zeiten. Seine Mutter, Latizia, er und über allen, die Arme ausbreitend, sein Vater Paco.

»Das ist sehr schön, Latizia.« Leandro hat nicht gesehen, dass seine Mutter hinter ihm steht und sich die Kette ansieht. »Ja, ist sie wirklich, danke!« Er gibt seiner Schwester einen Kuss, genau wo seine Großmutter mit dem kleinen Lando von oben kommt.

»Dieser Junge hat zu viel Kraft, er ist sechs Monate alt und weiß schon genau was er will.« Bella lächelt müde und nimmt ihrer Mutter den Sohn ab. Die Großmutter gibt Leandro einen Kuss auf die Wange. »Alles Gute mein Sonnenschein, ich hoffe dein Geschenk gefällt dir.« Von dem Rest der Familie hat er ein Auto bekommen, hier in Amerika musste er noch einmal mit dem Führerschein beginnen. Es war am Anfang schwer, da er sich auf nichts konzentrieren konnte. »Ja, ich habe es schon eingefahren.« Als die Großmutter die Kette in die Hand nimmt, beginnt sie zu weinen und bekreuzigt sich. Sie geht damit zu Lando und zeigt es ihm. »Guck mal dein Papa, Lando.«

Der Kleine ist noch viel zu jung um zu verstehen, er weiß nichts von einem Papa, er kennt ihn nicht und das Schlimmste, sein Vater weiß nicht einmal, dass er existiert. »Wir müssen los!« Leandro hält das Thema nicht aus, er gibt seinem kleinen Bruder noch einen Kuss und bindet sich die Kette um, während er und seine Schwester das Haus verlassen.

Draußen warten schon Sanchez und Kasim, sie alle leben in einer Straße in Mietwohnungen. Keiner wollte sich ein Haus kaufen, da sie niemals vorhatten lange hier zu bleiben, das ist jetzt etwas mehr als anderthalb Jahre her. »Na alter Sack, bereit für heute Abend?« Leandro öffnet das Auto und alle steigen ein.

»Wir feiern nicht, wieso fällt es euch so schwer, das zu akzeptieren?« Kasim klopft ihm von hinten auf die Schulter. »Keine Sorge. Wir machen das schon, es wird keine Feier.« Nach ein paar Metern sehen sie Dilara die Straße entlanglaufen. »Steig ein, wo ist Damian?«

Dilara quetscht sich zu Latizia nach hinten und gibt ihr einen Kuss, dann haut sie Sanchez auf den Hinterkopf. »Das war für den Schneeball gestern, ich durfte meine Haare noch einmal glätten!« Erst dann beugt sie sich vor und gibt Leandro einen Kuss auf die Wange, dann Kasim. »Alles Gute, willkommen im Erwachsenenleben, ist genauso beschissen wie das Leben davor.«

Sanchez verdreht die Augen. »Die Queen hat aber wieder gute Laune.« Dilara lächelt ihn gereizt an. »Damian schläft, er war nicht wach zu kriegen. Sein ganzes Zimmer ist vollgequalmt.« Niemand sagt etwas, sie alle wissen, dass Damian zu viel kifft, wenn es der einzige Weg ist seine Gedanken abzuschalten, soll er es tun. Leandro würde sich über so etwas freuen, er kriegt nur Kopfschmerzen von dem Zeug.

Als sie an der Schule ankommen, wartet Bea schon an ihrem Auto und Leandro seufzt auf, der Tag wird immer besser. Sie steigen aus, es ist viel zu kalt hier in New York, es liegt meterweise Schnee, Leandro wird sich niemals an die Minusgrade gewöhnen.

»Viel Spaß, wir sehen uns in der Pause.« Kasim, Sanchez, Latizia und Damian sind in einer Klasse, falls Damian mal da ist. Leandro geht mit Dilara und Sami in eine Klasse, Sami ist schon viel zu alt, doch sie sind mitten ins Schuljahr reingeworfen und einfach verteilt worden. Keinen von ihnen interessiert es sonderlich, deswegen nehmen sie es einfach hin.

In noch einer weiteren Klasse verteilen sich andere aus der Familia. Nesto, Marina, Ciro, Rico, Estefania, PJ und Saul besuchen die Unterstufe der High-School, Omar, Jesus, Adora, Abelia und Yara die Grundschule. Als sie hier ankamen, sind sie alle sofort aufgefallen, 19 Kinder einer großen Familie. Lando, der hier geboren wurde, ist das 20. Kind ihrer Familie aus Puerto Rico, alle ohne Väter, nur mit den Müttern.

Leandro weiß gar nicht genau, was für eine Geschichte sich seine Mutter und die Tanten ausgedacht haben, doch er weiß, dass sie eine Menge Geld bezahlen mussten, um alle unterzubekommen.

Keiner von ihnen war im ersten Monat imstande klar zu denken, zu handeln, es war so unbegreiflich, so unwirklich, es hat mehrere Monate gedauert, bis sie einfach angefangen haben, mit dem Alltag zu leben, sie haben keine andere Wahl, noch nicht.

Bea kommt ihm die letzten Schritte entgegen und gibt ihm einen Kuss auf die Wange. »Guten Morgen, Geburtstagskind.« Sie strahlt bis über beide Ohren und Leandro ringt sich ein Lächeln ab. »Ich habe dich öfter am Wochenende probiert zu erreichen, wieso hast du nicht zurückgerufen?«

Bea ist das beliebteste Mädchen auf der Schule, jeder Junge würde alles dafür tun, um mit ihr auszugehen. Leandro hatte auf der letzten Feier etwas mit ihr, er weiß, sie steht auf ihn, seit er auf die

Schule gekommen ist, er wüsste allerdings nicht, dass er bei ihrer einmaligen Zeit zusammen, einen Ehevertrag unterzeichnet hat.

»Ich hatte zu tun.« Bea nickt, sie will nicht einmal bemerken, dass er kein Interesse an einer festen Beziehung hat, er denkt nicht im Traum daran. »Ich habe ein Geschenk für dich!« Bea holt ein Shirt aus ihrer Tasche und hält es ihm hin, darauf ist ein großes Herz abgebildet mit den Buchstaben B und L. »Was zur ...was soll das sein?«

Bea zieht den Reißverschluss ihrer Jacke herunter und entblößt genau das gleiche Shirt auf ihrer zugegebenermaßen perfekten Brust. »Partnershirts, der allerneueste Trend, zieh es an und guck, ob es passt!«

Er braucht sich nicht umzudrehen als er ein vertrautes Lachen hört und jemand ihn auf puertoricanisch anspricht. Sie sprechen niemals englisch miteinander, nur mit den anderen Leuten. »Ja zieh es an, unbedingt!« Sami legt den Arm um Leandro und nimmt ihn mit ins Schulgebäude. »Entschuldige Bea, aber mein kleiner Cousin muss in den Unterricht.«

Leandro will das Shirt in den nächsten Mülleimer werfen, doch Sami hält ihn auf. »Du weißt wirklich nicht, wie man mit Frauen umgeht, sieh zu und lerne Geburtstagskind, es wird Zeit, dass du lernst, unsere Vorteile für uns zu nutzen.«

Sami reißt die Tür zu ihrer Klasse auf und es bildet sich ein übertriebenes Grinsen auf seinem Gesicht. Sie haben bei ihrer Klassenlehrerin Unterricht, die alte Frau Pieper. Sie hasst Leandro, ihm ist das egal, natürlich sind sie wieder einmal zu spät.

»Frau Pieper, einen wunderschönen guten Morgen. Gerade habe ich die Zeit vergessen, weil ich meinem Cousin hier auf dem Schulhof die Schönheit dieser Winterlandschaft zeigen musste, in Puerto Rico sehen wir das nie. Dabei habe ich ganz vergessen, was für eine Schönheit mich hier erwartet.«

Leandro muss lachen, doch Frau Pieper lächelt geschmeichelt und zwinkert ihnen zu. »Na los, setzt euch schon.« Sami macht eine angedeutete Verbeugung und Leandro stößt ihn in die Klasse. Alle lachen. Als sich Sami und er in die letzte Reihe auf ihre Plätze setzen, dreht sich Dilara zu ihnen um, ihre Freundin neben ihr ebenfalls.

Leandro weiß, dass sie auf ihn steht, Dilara beschwert sich regelmäßig, dass sich alle ihre Freundinnen immer nach einem ihrer Cousins erkundigen. »Ihr seid so peinlich!« Dilara verdreht die Augen und Sami wirft ihr einen Luftkuss hin, was ihre Freundin zum Kichern bringt.

Ein Mitschüler beobachtet das Ganze, er hat eigentlich nie etwas anderes zu tun, als Dilara zu beobachten. »Und du lass deine Augen bei dir oder du hast bald keine mehr!« Auch wenn Sami immer noch lächelt, als er zu den anderen Jungen flüstert, sieht dieser lieber schnell weg. Dilara guckt zwar wieder nach vorne, doch wirft ihre Federtasche über ihren Rücken nach hinten, direkt an Samis Kopf. »Aua ... sie kann so ein Biest sein!«

Leandro nimmt die Federtasche und lehnt sich zurück, während er sie von einer in die andere Hand wirft. »Hast du zum Frühstück einen Clown gefrühstückt oder woher die gute Laune?« Sami legt die Hände an den Hinterkopf. »Heute ist dein Geburtstag, du weißt, was das bedeutet, wir beginnen mit den Vorbereitungen!« Leandro nickt, wie sollte er diese Bedeutung vergessen. »Es wird allerhöchste Zeit!«

Er wirft Dilaras Federtasche gekonnt zurück auf ihren Tisch. Leandro tut nicht einmal so, als hätte er Interesse an dem Unterricht, er verfolgt andere Ziele.

Nach den zwei Stunden gehen sie aus der Klasse. Auf dem Flur trifft er Gwen, die ihm ohne ein Wort sein Lieblingssandwich und eine Flasche Wasser in die Hand drückt. »Morgen Gwen, ich such mal die anderen.« Sami lässt die beiden alleine, sie alle wundern sich, warum Leandro soviel Zeit mit diesen gewöhnlichen Mädchen verbringt.

Gwen ist ganz anders als die typischen High-School Mädchen. Sie schminkt sich nicht und zieht sich keine Sachen an, wo man alles erkennt und groß die Marke draufsteht. Sie ist hübsch, aber nicht auffällig, einfach anders. Das mag er an ihr.

Leandro lacht und zieht an einer ihrer braunen leicht rötlichen Strähnen, die ihr immer ins Gesicht fallen. »Willst du mir nicht etwas sagen?« Gwen zuckt die Schultern. »Sollte ich?« Sie gehen automatisch zu dem Platz, wo sie des Öfteren ihre Pause zusammen verbringen. »Ich weiß nicht, ist heute nicht irgendetwas?« Nun lacht Gwen. »Du wolltest doch nicht feiern, dass niemand es erwähnt, ich halte mich daran.« Leandro sieht ihr in die braunen Augen, deswegen mag er Gwen.

Als sie sich auf die Tischtennisplatten setzen, beißen sie beide von ihrem Essen ab und Gwen erzählt ihm aufgeregt von dem neuesten Buch, was sie gerade liest. Sie erinnert ihn sehr an seine Schwester, als er nach dieser Ausschau hält, findet er sie mit einigen anderen Mädchen und ihren Cousinen Estefania und Marina vor. Dilara ist wieder bei der Cheerleader-Clique wo auch Bea steht. Leandro sieht schnell weg.

Mit Gwen zu sein ist einfach, alle anderen Mädchen quetschen ihn aus, wieso sie alle keinen Vater haben. Wie soll er ihnen erklären, dass sie alle einen haben, dass die gesamten Männer in der Familia gefangen gehalten werden, sie sie nicht einmal besuchen durften, nur alle paar Monate und das mit ganz viel Bitten und Betteln für ein paar Minuten mit ihnen am Telefon sprechen dürfen.

Gwen hat niemals danach gefragt. Auch sie hat keinen Vater. Von ihrem Cousin, hat Leandro erfahren, dass in dem Land, aus dem sie kommen, dem Kosovo, lange Krieg geherrscht hat. Die Männer wurden dort gefoltert und getötet und es gibt viele Familien, die ohne Männer leben. Vielleicht ist es einfach ihr Schicksal, was sie verbindet und sie sich verstehen lässt, auch ohne darüber zu reden.

»Hörst du mir überhaupt zu?« Gwen kneift ihm in den Arm. Leandro nickt. »Klar tue ich das!« In dem Moment kommen Kasim und Sanchez zu ihnen, sie nicken Gwen zu. Keiner von ihnen redet viel mit ihr, aber sie akzeptieren sie um sich herum, was bei ihnen nicht selbstverständlich ist.

»Wir haben nur noch einen Block und fahren dann zu Damian.« Leandro nimmt Sanchez seine Cola weg, um selbst etwas davon zu trinken. »Nehmt Dilara mit und setzt sie zu Hause ab.« Kasim nickt. »Ich muss eh mal wieder nach meinem Kumpel Lando sehen!« Jeder von ihnen vergöttert seinen kleinen Bruder. Er liebt ihn selber über alles, doch es schmerzt ihn, dass er seinen Vater nicht kennt.

Seine Mutter hat erst hier in New York bemerkt, dass sie schwanger ist. Bis heute hat sie es seinem Vater in den seltenen Telefongesprächen nicht gesagt. Sie meint, sie bringt es nicht übers Herz, er würde es nicht verkraften zu wissen, dass sie noch einen Sohn haben und er nicht in der Lage ist ihn zu sehen.

Kasim und Sanchez gehen schon langsam vor. »Ich wusste nicht, dass deine Cousins mehr als zwei Wörter sprechen können.« Leandro muss lachen, Gwen erzählt immer, sie alle würden für sie wie breite einfältige Ochsen wirken, die sich den ganzen Tag von den Weibern anhimmeln lassen, dass er der Breiteste von ihnen ist, scheint sie dabei aber nicht zu stören. Leandro und sie sind sehr verschieden und doch verbindet beide etwas, worüber sie zwar nicht reden, es lässt sie aber trotzdem gerne zusammen Zeit verbringen.

»Oh nein Zickenalarm, ich mache mich mal vom Acker!« Leandro sieht nun auch, dass Bea auf sie zukommt. Er will noch etwas zu Gwen sagen, doch die hat sich schon aus dem Staub gemacht. Wenn er Beas wütenden Gesichtsausdruck richtig deutet, würde er das am liebsten auch.

»Wieso verbringst du deine Pausen lieber mit der als mit mir?« Bea setzt sich beleidigt neben Leandro. Es wird Zeit ihr klar zu machen, dass es zwischen ihnen eine einmalige Sache war, er hatte nicht vor, sie jetzt für den Rest des Lebens an der Backe zu haben. »Hör mal Bea, Gwen ist nur eine Freundin und das zwischen dir und mir, wie soll ich sagen, ich habe nicht vor, eine Beziehung oder so etwas zu führen.«

Leandro erwartet jetzt, dass sie ihn anschreit, ihm die Meinung sagt, bestenfalls beleidigt oder weggeht, doch stattdessen legt Bea lächelnd den Kopf an seine Schulter. »Das weiß ich doch, deine Cousine hat mir gesagt, dass du noch keinerlei Erfahrungen hast in Beziehungssachen, es aber unbedingt lernen willst und ich geduldig sein soll. Ich verstehe das!« Leandros Kopf schnellt zu Dilara um, die seinen Blick sofort spürt und zu ihnen sieht.

Als sie merkt, wie geladen er ist, beginnt sie laut zu lachen. »Ich muss schnell weg«, ruft sie ihren Freundinnen lachend zu, da ist Leandro schon hinter ihr her. Er rennt an Sami vorbei, der nur den Kopf schüttelt. »Nie könnt ihr euch benehmen!«

Dilara knallt Leandro allerdings die Toilettentür vor der Nase zu, bevor er sie sich schnappen kann. »Nur für Mädchen«, ruft sie von innen und lacht. »Na warte, das wird noch ein Nachspiel haben!« Dilara scheint das nicht zu beeindrucken. »Wenn du mir wehtust, sag ich es...« Sie bricht ab, auch Leandro trifft der Satz mitten ins Herz.

Dilara ist es ganz am Anfang oft passiert, mit der Zeit wurde es weniger, doch in ihrer kindischen Albernheit war es die Gewohnheit, die sie überkommen ist.

Miguel, er hat früher als Ältester immer für Ruhe unter den Jungen gesorgt. Dilara ist jedes Mal zu ihm gerannt, um sich vor den anderen Cousins zu retten, doch das kann sie nun nicht mehr. Dilaras gute Laune ist mit einem Schlag weg und Leandros Wut auch.

Immer wenn sie lachen, jedes Mal wenn sie für einige Minuten anfangen zu vergessen, überkommt sie ein schlechtes Gewissen. Wie können sie hier glücklich sein, während ihre Onkel, Väter und ihr Cousin dort eingesperrt sind? Dilara steckt traurig ihre hübsche

Nase aus der Tür. »Komm her!« Leandro nimmt seine Cousine in den Arm und gibt ihr einen Kuss auf die Stirn.

»Sie werden bald wieder da sein, wir werden alle zurückgehen!« Es ist das erste Mal, dass Leandro das offen sagt. Dilara senkt traurig den Blick. »Was für ein Wunder soll dafür geschehen?« Er legt den Arm um sie und sie gehen hoch in den Klassenraum. »Vertrau mir doch einfach einmal.« Sie drängen sich an den anderen Schülern vorbei, die hoch in die Klassen gehen.

»Komm, ein Biss, ich will wissen, was dann passiert.« Vor ihnen läuft Gwen und zwei der größten Idioten der Schule haben es offensichtlich auf sie abgesehen und wedeln mit einem Stück Wurst vor ihrem Gesicht herum. »Es schmeckt lecker, glaub mir, probiere es und du wirst ein neuer Mensch.« Gwen schlägt die Hand des Jungen weg, der dagegenhält und sie deswegen auf der Treppe ins Wanken kommt. Sie kann sich gerade noch halten, doch ihre ganzen Bücher, die sie immer mit sich herumschleppt, fallen auf den Boden.

Leandro nimmt den Arm von Dilara und geht ein paar Schritte schneller. Als er neben den Jungs ist, die noch immer lachend die Wurstscheibe über Gwen halten, während sie sich bückt, um ihre Bücher einzusammeln, blicken sie zu ihm. »Surena, sag es Gwen. Schweinefleisch wird ihr Leben verändern.« Leandro hindert Gwen dran, sich nach den Büchern zu beugen, indem er ihren Arm festhält.

»Hebt die Bücher auf und verschwindet!«

Die beiden Jungs kennen ihn, es ist mehr als einmal passiert, dass er hier auf der Schule ausgeflippt ist, doch bei den vielen Leuten, die stehen geblieben sind und sie beobachten, wollen sie sich sicherlich nicht die Blöße geben und stellen sich stur. »Für so eine Muselmann-Frau heben wir gar nichts auf, ihr Pech, wenn sie zu dumm ist ...« Weiter kommt er nicht. Leandro hat ihn blitzschnell gepackt und drückt seinen Kopf nach unten.

»Heb es auf oder ich breche dir jeden einzelnen Knochen!« Dilara tritt neben ihn, sie macht sich immer Sorgen, sobald er wütend wird, seitdem er sie damals bei Paddys Party herausgeholt hat.

»Leandro lass das, beruhige dich.« Sie redet extra mit ihm puertoricanisch, doch er beachtet sie nicht.

Dieses Mal ist der Kerl, den er runterdrückt, schlau genug zu tun, was Leandro ihm sagt, er drückt auch kräftig genug zu, um zu zeigen, wie ernst er es meint. Er hebt die Bücher auf und hält sie Gwen hin, die sie ihm aus den Händen reißt. »Idiot, dein Schweinefleisch sollte bei euch Schweinen bleiben.« Leandro zieht die Augenbrauen hoch und Gwen hebt sauer ihre Nase höher.

»Der Surena wieder.« Leandro verdreht entnervt die Augen, als er den Schulleiter erkennt und der ihm andeutet mitzukommen. Sami läuft an ihm vorbei und klopft ihm auf die Schulter. »Sag, dass du heute Geburtstag hast, vielleicht hilft es.«

Dieses Mal dirigiert der Schulleiter ihn nicht in das Büro, sondern bleibt mit ihm im Flur vor Leandros Klasse stehen. »Hören Sie zu, ich kann mir denken, dass Sie es nicht leicht haben, aber Ihre Aggressivitäten müssen aufhören. Man kann nicht alles mit Gewalt lösen, auch wenn ich Verständnis habe, dass Ihre momentane familiäre Situa...«

Leandro stoppt ihn, bevor er etwas sagt, was ihn ausflippen lässt. »Sie sollten sich lieber um einige Nazis auf der Schule Sorgen machen, die andere versuchen zu zwingen Schweinefleisch zu essen. Um meine Familia kümmere ich mich schon selber!« Er geht in die Klasse, als würde er sich von dem Mann sagen lassen, was er zu tun oder zu lassen hat. Der Direktor lässt ihn auch gehen, er hat offensichtlich etwas Wichtiges vor, sonst würde er ihn nicht so davon kommen lassen.

»Komm schon, Sami hat es ausgesucht, ich bin selber gespannt!« Sanchez zieht ihn auf eine Bar zu.

'Puerto Rico'

Leandro wendet sich ab. »Nicht euer Ernst, oder?« Sanchez reagiert gar nicht, sondern schiebt ihn in die Bar. Sofort schlägt ihm eine Luft wie in Puerto Rico entgegen, heiß, schwül, bei Gott, wie sehr er es vermisst. Ein Mann kommt und nimmt ihnen die Jacken und Pullover ab, im Shirt betreten sie dann einen Raum, der in einen Strand umgewandelt wurde. Es ist heiß, es ist Sand da, einige hübsche Frauen laufen herum, es wird puertoricanische Musik gespielt, auf mehreren Grills wird Essen zubereitet.

»Willkommen zu Hause!« Sami nimmt Leandro in den Schwitzkasten und muss lachen. »Ist das nicht genial, ich bin letzte Woche zufällig hier gelandet.« Sie gehen zu mehreren Liegestühlen, die vor einer riesigen Leinwand aufgebaut ist, die das Meer zeigt. »Etwas künstlich, aber näher kommen wir wohl nicht heran.« Kasim, Damian, Nesto und Rico sind ebenfalls da.

Leandro lässt sich auf einen Liegestuhl fallen, nimmt ein Getränk von Nesto und sieht zu Sami, der sich vor allen aufbaut. »Es ist nicht nur Leandros Geburtstag den wir hier feiern, wir wollten euch auch etwas sagen. Seit Längerem planen wir es und haben nur auf heute gewartet, um es euch mitzuteilen und unsere Pläne umzusetzen.

Leandro und ich fliegen nach Puerto Rico, wir holen uns erst unsere Stadt zurück und dann unsere Väter!«

Kapitel 8

Sanchez spuckt den gerade genommenen Schluck wieder aus. »Ihr macht was?« Sami sieht von einem zum anderen. »Was dachtet ihr? Dass wir hier jetzt jahrelang warten, bis etwas passiert? Die ganze Familia ist gefangen genommen, wir sind diejenigen, die noch übrig sind und werden jetzt eingreifen. Wir wollten es gleich machen, aber Bella war schwanger und dann kam Lando. Es ist nicht so, dass wir nicht wissen, dass es fast unmöglich ist, deswegen wollten wir warten, bis sich alles hier etwas gefestigt hat.«

Damian lacht bitter auf. »Ihr Helden, denkt ihr, dass ihr als Einzige darüber nachgedacht habt?« Sie mussten Damian und Kasim vor einigen Monaten vom Flughafen holen, sie waren schon fast im Flieger nach Puerto Rico, doch Dilara hat alles mitbekommen und konnte sie daran hindern.

»Nein, natürlich nicht, doch wir wollten warten. Wir wissen nicht, was uns erwartet und ob wir zurückkommen werden, es wird unseren Müttern das Herz erneut brechen.«

»Wie genau habt ihr es geplant?« Rico setzt sich zu ihm und Leandro muss lächeln, er trägt immer das Käppi seines Vaters. Sami hält einige Karten in die Höhe. »Unser Geburtstagsgeschenk an Leandro, Tickets und Hotelbuchungen für drei Wochen Mexiko. Jeder weiß, dass es sein Traum ist dahinzufliegen. Bella und Sara haben mir geholfen das Hotel auszusuchen, sie glauben, es ist eine gute Idee, dass wir uns mal etwas ablenken, auch wenn sie mir stundenlange Vorträge gehalten haben, dass ich auf euch aufzupassen habe.«

Er wirft jedem außer Leandro Tickets hin. »Sie denken, wir sind bei euch, wir rufen sie ab und zu an und sagen, dass es uns gut geht. Wir werden das sicher nicht alles in drei Wochen schaffen, doch dann sind wir schon so weit, dass sie gegen unseren Plan nichts mehr tun können.«

Sanchez ist wütend. »Und wieso wussten wir nichts von eurem Plan?« Sami zuckt die Schultern. »Ihr müsst nur eure Badehosen einpacken.« Sanchez schmeißt die Tickets weg und nimmt Sami die für Puerto Rico aus der Hand. »Und du denkst, dass ihr Surenas mal eben meinen Vater und alle anderen befreit ohne mich? Ich bin der Anführer der Trez Puntos, solange mein Vater nicht in der Lage dazu ist!«

Sami verdreht die Augen. »Was ist mit ihm? Er ist genauso Anführer.« Als alle zu Leandro gucken, schüttelt dieser den Kopf. »Vergesst dieses Punto-Surena-Ding, das wird uns nur im Weg stehen. Willst du mitkommen Sanchez? Dann mach das, aber denk daran, dass deine Mutter nachher noch mehr Kummer haben wird, wenn etwas schief geht.« Kasim, Damian, Nesto und Rico stehen auch auf. »Wir gehen alle, natürlich ist es schlimm wegen unserer Mütter, doch es ist unsere Pflicht, nur so haben wir die Chance, ihnen ihre Trauer zu nehmen.«

Sami flucht auf. »War ja klar, dass ihr euch mal wieder an keine Pläne halten könnt.« Damian lacht und wirft die Tickets für Mexico nach seinem Cousin. »Dann mach nicht solche Scheißpläne.« Leandro nickt. »Wir gehen alle! Seit ein paar Wochen haben wir Kontakt zu einem Mann, der zu den Puntos gehört und in Sierra geblieben ist. Er sagt, die ganze Stadt ist uns genommen worden, sie alle leben jetzt außerhalb.

Er weiß, dass wir in zwei Wochen kommen und versucht bis dahin alle zusammenzutrommeln, die noch da sind. Alle Konten werden von den Müttern verwaltet, um unser Leben hier zu finanzieren, es gibt aber ein Konto, was Ramon und mein Vater hatten. Es wird noch in Puerto Rico verwaltet, die Unterlagen dazu haben wir in Ramons Sachen gefunden, damit kommen wir unten weiter.«

Sanchez nickt. »Aber wieso fliegen wir nicht gleich nach Kolumbien und sehen, was wir da tun können?« Sami schüttelt den Kopf. »Um dort etwas erreichen zu können, brauchen wir erst die Macht in Puerto Rico zurück, sonst haben wir keine Chance!«

Kasim klatscht in die Hände. »Und wenn es das Letzte ist, was wir tun, wir vertreiben jeden einzelnen Bastard aus der Stadt und holen sie uns zurück.« Sanchez sieht zu Rico. »Wir nehmen PJ und Ciro mit!« Sami schnalzt die Zunge. »Sie sind noch nicht mal 16, vergiss es, wir sieben, mehr nicht!« Sanchez ist immer noch nicht zufrieden. »Ihr seid vier Surenas, wir nur zwei Puntos und Leandro.«

Leandro reicht das Hin und Her, er steht auf. »Dale, wer mitkommen will, folgt mir jetzt und hält die Klappe, dieses Surena-Punto-Ding wird ein für alle Mal geklärt!«

Also bleiben sie nicht lange im künstlichen Puerto Rico, sie fahren zusammen zu dem nächstbesten Tätowierer. Leandro knallt ihm die Zeichnung hin, an der er schon so lange sitzt. Nicht weil es so aufwendig war, die Zeichnung an sich hat nur zwei Minuten gedauert, doch was gezeichnet werden sollte, war ein schwerer Kampf.

»Ist das dein Ernst?« Sanchez nimmt den Zettel in die Hand. »Es gibt für uns keine Surenas und Trez Puntos mehr. Wir sind eine Familia! Sag mir, Sanchez, bei wem hast du immer auf dem Schoß gesessen, weil er dein Lieblingsonkel ist?« Sanchez verdreht die Augen. »Dein Vater ... aber was ... «

Leandro unterbricht ihn. »Der Anführer der Surenas! Rico wer hat dir Schwimmen beigebracht? Chico! Bei wem hast du als Kind ständig geschlafen? Liebst du Chico weniger als Tito oder Pepo, machst du da noch einen Unterschied? Sami, Kasim, Nesto, ihr genauso, ihr seid mehr im Cielo mit Miko als sonst wer, würdet ihr für einen von ihnen nicht euer Leben geben?«

Sami nickt. »Das stimmt, aber willst du die Surenas und Puntos jetzt einfach umbenennen?« Leandro nimmt den Zettel in die Hand und wendet sich an alle. »Unsere Väter und Onkels sind die Trez Puntos und die Les Surenas. Sie sind in diesen verschiedenen Familias aufgewachsen, wir nicht! Wir sind mit beiden Familias aufgewachsen, du kannst nicht sagen, dass du zu den Trez Puntos gehörst, weil du genauso zu den Surenas gehörst!«

Er sieht zu Sanchez. »Sieht mich an, ich bin geboren zum Anführer beider Familias, für mich gibt es nicht zwei sondern nur eine. So wie für euch. Ich habe lange überlegt, wie ich aus beiden Familias eine machen kann, was sie ja ist. Latizia hat mir dann letztlich die logische Lösung gezeigt.

Trez steht für die drei Brüder, die einmal die Trez Puntos gegründet haben. Es sind auch drei Brüder, die die Surenas jetzt führen, wo sich die Familias zusammenschließen.

Trez Surentos

Beide Familias zu einer verschmolzen und jetzt noch etwas, was Latizia bemerkt hat. Surentos. In dem Wort ist der Name Urento.

Sanchez lacht. »Wie lange habt ihr über den Blödsinn nachgedacht? Urento hieß der Vater meines Vaters, also unser Opa.« Sami grinst ebenfalls. »Unser Opa, der Vater der drei Surena-Anführer heißt mit zweiten Namen auch Urento.«

Leandro knallt das Papier dem Tätowierer auf den Tisch, der sie alle nur ansieht, als kämen sie von einem anderen Planeten. »Zu der Zeit hat fast jede Mutter ihren Sohn Urento genannt, weil damals einer der wichtigsten Männer so hieß und gestorben ist, ein Held Puerto Ricos. Urento Sana. Er hat bis aufs Blut für Puerto Ricos Unabhängigkeit gekämpft.«

»Trez Surentos, beide Familias vereint in der neuen Generation, ich finde es gut. Leandro hat recht, für mich sind alle gleich, ob Juan, Miko, Chico oder Paco. Ich liebe sie alle gleich und werde für alle gleich kämpfen. Wenn Puerto Rico und die Welt schon vor den Namen Trez Puntos und Les Surenas Angst haben, werden sie vor den Trez Surentos zittern!« Rico stimmt ihm zu.

Leandro setzt sich als Erstes und lässt sich die Plaka stechen. TS. Es fühlt sich richtig und gut an. All die Jahre hat er überlegt, wie er sich entscheidet, welche Plaka er tragen wird, doch jetzt erscheint es ihm so logisch und klar. Es gibt keine zwei Familias mehr, sie sind zu einer großen und noch mächtigeren zusammengewachsen.

Trez Surentos.

Sie alle lassen sich die Plaka stechen und zeigen, dass beide Familias eine geworden sind. Mit ihnen, mit der neuen Generation.

»Nueva era!« Eine neue Ära beginnt, flüstert Sanchez ehrfürchtig, als er sich seine frisch gestochene Plaka ansieht. »Dann werden wir als Erstes mal alle Bastarde hochnehmen, die meinen, unsere Stadt beanspruchen zu wollen, bereiten wir alles vor für Puerto Rico.« Als Sami diese Worte spricht, während sie das Studio verlassen und alle ihre Plaka haben, sieht Leandro weder Angst noch Zweifel in den Gesichtern seiner Cousins, nur den Willen, endlich wieder nach Sierra zu gehen und ihre restliche Familia zurückzuholen!

Sie fahren danach zu Leandro, wo seine Tanten Sara, Sam und Melissa mit Bella am Tisch sitzen. Es ist klar, was sie für ein Thema hatten, bevor die Jungs hereingekommen sind. Latizia kommt mit Lando von oben, der Kleine wird gleich von Sanchez und Kasim im Beschlag genommen.

»Was habt ihr getan?« Sam fällt als Erstes die Plaka auf Ricos Hand auf. Leandro bleibt nichts anderes übrig als den Müttern zu erklären, wie die neue Plaka zusammengesetzt ist, seiner Mutter treten Tränen in die Augen. »Das ist richtig und wirklich eine schöne Idee. Freut ihr euch auf den Urlaub? Ich denke, das tut euch gut.« Er hasst es seine Mutter anzulügen, doch er hat keine andere Wahl. »Wir können es kaum erwarten!«

Sara klatscht in die Hände. »Wollen wir es probieren?« Melissa nimmt das Handy, was sie extra haben verschlüsseln lassen, um damit in Kolumbien Garcias anzurufen, sodass er das Gespräch und ihren Aufenthaltsort nicht herausfinden kann. Manchmal, mit ganz viel Bitten und regelmäßigen Zahlungen, dürfen sie die Männer anrufen. Das ist in den letzten anderthalb Jahren genau vier Mal der Fall gewesen. Garcias hat ihnen oft gesagt, dass sie vielleicht später mit ihnen reden können, doch dann gesagt, dass es nicht geht. Manchmal geht er wochenlang nicht an das Handy.

Offensichtlich wollen die Frauen heute wieder ihr Glück probieren. Dass sie es schaffen, glaubt keiner wirklich, sonst wären alle hier. Woran Garcias es festmacht, ob sie es dürfen, weiß auch niemand, vielleicht ist es irgendwann so weit, dass die Hartnäckigkeit der Frauen ihn nervt, vielleicht hat er selber Familie und ab und zu ein schlechtes Gewissen, sie wissen es nicht, wissen nichts über ihn.

An Informationen über ihn oder ihre Väter zu kommen ist schier unmöglich. Die Kolumbianer müssen das alles genau geplant haben und scheinen sich keinen Fehler zu erlauben. Leandro ist sich ganz sicher, dass sonst seine Familie schon längst wieder vereint wäre.

Melissa kommt dieses Mal durch, sie fragt höflich nach, ob es möglich ist, einen der Männer zu sprechen. Man hört, wie schwer es ihr fällt nett zu bleiben. Eine ganze Weile passiert nichts, dann plötzlich beginnt sie zu weinen und reicht an Bella weiter.

Seine Mutter versucht sich zusammenzunehmen, es muss sein Vater am Telefon sein. Leandro hört sie immer weinen, fast jede Nacht. Latizia hat ihm viel von ihren Eltern erzählt, sie kennt die ganze Geschichte zwischen ihnen und sagt, dass sie so etwas wie Seelenverwandte sind. Ohne die Kinder, für die sie stark sein müssen, hätte diese Trennung sie beide umgebracht. Leandro sieht, wie seine Mutter leidet, es quält ihn, er würde alles tun, um ihr den Schmerz zu nehmen.

Zwischen ihnen gab es am Anfang viel Streit. Leandro hat nicht verstanden, warum sie aus Puerto Rico geflüchtet sind, er war der Meinung, sie hätten die Stadt nicht aufgeben dürfen. Erst später hat er mitbekommen, was alles dort passiert ist und wie viele nach Sierra gekommen sind, um sich alles unter den Nagel zu reißen.

Er hat auch nicht verstanden, warum seine Mutter seinem Vater nicht gesagt hat, dass sie ein Kind bekommt, nichts von Lando erwähnt hat. Als sie das letzte Mal mit ihnen geredet haben, hat er zum ersten Mal gehört, wie fertig die Männer sind.

Sie sind verzweifelt, machen sich Sorgen um ihre Familien und finden keinen Weg da heraus. Jedes Mal schwören sie, alles in ihrer Macht stehende zu tun, um zu ihnen zu kommen, doch sie schaffen es nicht. Jetzt versteht er auch, dass es seinen Vater wahnsinnig machen würde, wenn er wüsste, dass sie noch einen Sohn bekommen haben und er ihn nicht sehen kann.

»Leandro, dein Vater!« Überrascht wird er aus seinen Gedanken gerissen, keiner redet alleine mit ihnen, da die Zeit immer viel zu kurz ist, er hat seit dem Tag, an dem die Männer nach Kolumbien losgeflogen sind, kein Wort mehr mit seinem Vater gewechselt. Er spürt wie seine Hand zittert, als er das Handy nimmt.

»Leandro!« Die Stimme seines Vaters bringt ihn dazu, die Augen kurz zu schließen, der ganze Schmerz der letzten 18 Monate kommt hoch. Er geht aus dem Raum und keiner sagt ein Wort. Er will seinen Vaters genau verstehen.

»Alles Gute zum Geburtstag mein Sohn, von uns allen.« Er kann seine Onkel im Hintergrund hören. Leandro ist kaum imstande zu antworten, er schluckt die aufkommenden Tränen herunter, er ist jetzt ein Mann, er darf nicht weinen, auch wenn er jeden von ihnen unendlich vermisst.

Sie haben auf Lautsprecher geschaltet und Leandro fragt, ob alles bei ihnen in Ordnung ist. Er kann sich nicht vorstellen, wie es ist, vierundzwanzig Stunden pro Tag über so einen langen Zeitraum eingesperrt zu sein, auch wenn sie wissen, dass es nicht wirklich ein Gefängnis ist, wo sie festgehalten werden. Seine Onkel und sein Vater sagen, dass es ihnen gut geht. Wäre es anders, würden sie es auch niemals sagen, damit sie sich keine Sorgen machen. »Leandro, du bist jetzt der Mann im Haus bis ich wieder da bin, kümmere dich gut um deine Mutter und deine Schwester.«

Leandro weiß nicht, ob er etwas davon sagen darf, doch sie sollen wissen, dass sie nicht mehr tatenlos zusehen, dass sie jetzt die Familia übernehmen und alles wieder in Ordnung kommt. Er hat gehört, wie sein Vater den Lautsprecher ausgemacht hat, um mit seinem Sohn ein paar Worte alleine zu wechseln.

»Das tue ich Vater, ich bin jetzt achtzehn und nehme die Aufgabe an, zu der ich geboren wurde. Es wird alles wieder wieder früher.«

Das letzte murmelt er mehr, er kann sich vorstellen, dass sein Vater nicht zustimmen wird. Garcias steht garantiert bei ihnen, also kann Paco dazu nicht viel sagen.

»Wir kommen hier schon zurecht, macht euch keine Gedanken, Leandro! Kümmert euch dort um eure Familien!« Natürlich will sein Vater nicht, dass er etwas unternimmt und er scheint auch genau verstanden zu haben, was sie vorhaben. »Macht ihr euch auch keine Sorgen, ich bin dein Sohn!«

Er kann das Lächeln seines Vaters hören. »Papa, wenn …«, er hört, wie die Verbindung unterbrochen wird und plötzlich eine andere Stimme ertönt. »Genug für heute!« Dann wird aufgelegt. Leandro starrt auf das Handy und schwört sich, dass dieser Mann für all das büßen wird, was er ihnen antut. Er hat einen großen Fehler gemacht in dem Moment, wo er angenommen hat, er könnte ohne Konsequenzen ihre Familia angreifen.

Leandro liegt in dieser Nacht noch lange wach, er denkt an seinen Vater und an seine Onkel, ob sie wenigstens etwas Vertrauen in sie haben, ihnen zutrauen, dass sie es schaffen? Er versucht sich Sierra ins Gedächtnis zu holen, die Häuser, die Umgebung, ihr Zuhause, alles.

Er kann es nicht erwarten dorthin zurückzukehren.

Paco sitzt die halbe Nacht mit Rodriguez, Juan und Miko auf dem Innenhof. Seine Wut ist schon wieder vorbei, er musste lernen damit zu leben. Jedes Mal, wenn Garcias alle paar Monate auftaucht und sich vor sie stellt, als wäre er ihr Bezwinger, könnte er platzen vor Wut, doch er kann es nicht.

Hätte er nicht seine Familie, das Einzige was ihn daran hindert, eine Dummheit zu tun und einfach auf Garcias loszustürmen und ihn mit bloßen Händen zu erwürgen, auch wenn er keine weitere Minute überleben würde, hätte er es schon längst getan.

Sie müssen mit der Situation leben, sie haben keine andere Wahl. Alles, jede Chance, die sie haben, jede noch so kleine Hoffnung, endlich hier herauszukommen, nutzen sie, doch bisher ohne Erfolg. Ihre größte Chance momentan besteht in dem Arzt, der regelmäßig als einziger Mensch ihre Hölle, wie dieses Gebäude nur noch von allen genannt wird, betritt. Keiner von ihnen würde dem alten Mann, der sich fürsorglich um die Verletzungen und Beschwerden aller kümmert, etwas tun. Am Anfang kam er mit mehreren Polizisten herein.

Sie unterschätzen sie nicht, auch nach so langer Zeit haben sie sich nicht einmal einen Fehler erlaubt. Sie ahnen, dass sie nur auf eine winzige Gelegenheit warten, um es für sich zu nutzen. Der Arzt aber hat schnell Vertrauen zu ihnen gefasst. Wenn er jetzt kommt, um sich um Titos verstauchten Knöchel, den er sich beim Training geholt hat oder Ramons Erkältung, die er sich vor ein paar Tagen zugezogen hat, zu kümmern, bleiben die Wachen am Tor und er betritt das Gelände alleine.

Es ist ein guter Mann, Paco erkennt, dass er Mitleid mit ihnen hat. Er hat ihn das letzte Mal gefragt, ob er für ihn einen Brief mitnehmen und an seine Frau schicken könnte. Der Mann hat zwar Angst, doch hat zugestimmt. Das ist momentan die Hoffnung, auf die sie bauen.

Paco hat heute gesehen, dass Garcias langsam unsicher wird. Er kümmert sich darum, dass es ihnen hier gut geht. Alles was sie haben wollen, bekommen sie. Es fehlt ihnen nicht an Essen und Trinken, sie bekommen jede Ablenkung die sie wollen, doch wenn er dachte, dass sie sich deswegen irgendwann einmal mit der Situation zufrieden geben, hat er sich gewaltig getäuscht. Er war lange nicht da. Der Arzt und die Wachen, die ihnen alle paar Tage eine neue Lieferung in den Hof stellen, sind die Einzigen, die sie regelmäßig zu Gesicht bekommen.

Als er sich heute wieder hat blicken lassen, hat man deutlich gesehen, dass ihm die Geschäfte mit ihnen gut tun. Er scheint finanziell keine Sorgen mehr zu haben, nur deshalb hat er es sicherlich auch erlaubt, dass er seinen Sohn sprechen durfte. Doch Paco hat auch erkannt, wie schockiert er war, als er sie alle wieder gesehen hat. Vielleicht dachte er sie gebrochen vorzufinden, doch das sind sie nicht, werden sie niemals sein. Sie alle trainieren, jeden Tag. Etwas anderes haben sie hier nicht zu tun, sie trainieren und malen sich ihre Rache aus, die alle Menschen erreichen wird, die sie von ihren Familien getrennt hat.

Er hat gesehen, wie schockiert Garcias war, als er sie gesehen hat, besser in Form als jemals zuvor und mit dem eisernen Willen hier herauszukommen und sich bei ihm zu rächen.

»Bist du dir sicher?« Paco nickt zu Juan, selbst bei ihm, der immer etwas mehr auf den Hüften hatte, ist nichts mehr davon zu sehen. Sie trainieren, sie beraten sich, sie dürfen die Hoffnung nicht verlieren, das alles zu beenden.

»Sie haben etwas vor, das habe ich gespürt, ich weiß aber nicht was. Ich hoffe nur, sie machen keine Dummheiten!« Rodriguez beißt von seinem Brot ab. »Leandro hat recht, sie sind unsere Söhne, sie leiten jetzt die Familias da draußen. Und was sie auch vorhaben, sie werden es bestimmt schaffen. Sie tragen unser Blut in sich!«

Paco will das auch glauben, doch das Bild von Leandro, wie er als kleiner Junge freudestrahlend auf ihn zugerannt kam, geht ihm nicht aus dem Kopf, er will nicht, dass ihm auch nur ein Haar gekrümmt wird. »Vielleicht gehen sie nach Sierra, um zu sehen, was passiert ist. Wir wissen es ja selber nicht.« Juan flucht. »Wir haben keine Möglichkeit sie zu unterstützen.«

Paco denkt einen Moment nach, dann fasst er an die Kette, die Bella ihm kurz vor ihrer Trennung geschenkt hat. Er fährt über das Kreuz. Den Brief, den der Arzt morgen hier rausschmuggeln und an die Frauen schicken wollte, hat er fertig, alle haben ein paar Zeilen geschrieben.

»Der Padre, er wird noch in Sierra sein, er ist der Einzige, der wissen wird, wo man unsere Männer, die es dort noch gibt, finden kann.«

Miko grinst. »Schreib einen neuen Brief, sag ihm, er soll alle aufsuchen und ihnen sagen, dass die neue Generation der Anführer zurückkommt und jeder ihnen zur Seite stehen soll, der noch da ist.« Paco sieht in die Augen der anderen, auch dort sieht er zwar die Angst um ihre Söhne, doch auch sie wissen, dass es sein muss. Sie haben keine Wahl, als alles in die Hände ihrer Söhne zu geben und darauf zu vertrauen, dass ihr Blut, was in ihren Söhnen fließt, stark genug ist, um die Familias zu retten.

Die zwei Wochen bis zu ihrem Abflug vergehen schnell, Leandro und Sami gehen nicht mehr zur Schule, sie können sich selbst entschuldigen und erledigen alles, was sie noch für ihre Reise brauchen.
Sie erfahren, dass sie ein Einreiseverbot nach Puerto Rico haben, was garantiert den Kolumbianern zu verdanken ist. Also besorgen sie für viel Geld gefälschte Ausweise und Visa für sie sieben. Erst als alles da ist, auch die Tickets, sie noch einmal mit einem der verbleibenden Puntos in Puerto Rico geredet haben und er gesagt hat, dass alle sie erwarten, geht er zwei Tage vor dem Abflug in den Unterricht.
Gwen geht in der Pause sauer an ihm vorbei, doch Leandro hält sie fest und zieht sie in eine Ecke. »Schön, dass du lebst, ich dachte, du hättest dich zusammen mit dem Obergorilla aus dem Fenster geschmissen.« Leandro muss lachen, als sie zu Sami hinüber blinzelt. »Wir hatten zu tun, Gwen, ich werde, ich muss ... « Er weiß nicht, wie er es erklären soll, sie dürfen es niemandem sagen, auch wenn er ihr vertraut.
»Was ist los?« Sie spürt, dass etwas nicht stimmt, Leandro versucht es anders. »Wenn du zurück könntest ... in den Kosovo und alles ungeschehen machen könntest was passiert ist, würdest du es probieren oder?« Gwen nickt. »Nichts und niemand könnte mich davon abbringen!«

Leandro lächelt. »Ich muss weg und ich weiß nicht, ob ich wiederkommen werde. Ich mag dich, du bist wie eine Schwester für mich geworden, aber ich kann dir nicht mehr dazu sagen!« Gwen scheint zu verstehen. »Das ist in Ordnung, Leandro, geh deinen Weg, möge Gott dich beschützen und melde dich, wenn du dein Ziel gefunden hast.«

Er gibt ihr einen Kuss auf die Wange. »Das mache ich, versprochen, und pass gut auf dich auf, wenn ich es nicht mehr kann.« Er weiß, dass er Gwen wiedersehen wird, wenn das alles vorbei ist, wird er sich bei ihr melden.

Menschen wie Gwen begegnet man nicht oft, man sollte sie in seinem Leben behalten.

Am Abend vor dem Abflug sitzt er mit seiner Familie vor dem Fernseher, sie haben extra einen Flug mitten in der Nacht genommen, die einzige Ausrede, dass sie allein zum Flughafen fahren und nicht von allen begleitet werden.

Als er jetzt neben Latizia und seiner Mutter sitzt, rasen die Minuten plötzlich vorbei. Er weiß, dass es allen so gehen wird, die sich in dem Moment von ihren Familien verabschieden und diese es nicht einmal ahnen.

Lando ist auf seiner Brust eingeschlafen, seine Gefühle spalten sich. Er will ihnen allen nicht noch mehr Kummer und Sorgen machen, er will nicht, dass sie auch nur eine Träne für ihn verlieren, doch er weiß, sie werden es herausbekommen.

In drei Wochen werden sie niemals alles schaffen. Diese Zeit dient ihnen nur als Puffer, um schon etwas auf die Beine zu stellen, sodass die Mütter etwas Sicherheit haben, wenn sie es erfahren. Doch auch wenn er weiß, dass es nicht gut ist, ihnen das anzutun, überwiegt das Gefühl, endlich etwas unternehmen zu können, damit sie alle wieder vereint sind und sie richtig glücklich sein können. Dafür wird er alles geben und tun was nötig ist.

Für seine Familie und die Familia.

Kapitel 9

Leandros Herz schlägt automatisch schneller, als sie beim Landeanflug auf Puerto Rico sind. Sami neben ihm hält auch zum ersten Mal während des ganzen Fluges seine Klappe. Damian, Nesto, Kasim, Sanchez, Rico, alle sehen aus dem Fenster und blicken auf Puerto Rico hinunter.

Wie sehr Leandro es vermisst hat. Sie können es kaum erwarten, aus dem Flugzeug zu kommen. Als ihnen dann endlich die heiße Luft entgegenschlägt, zieht er zufrieden die Sonnenbrille über die Augen. »Dann geht's jetzt los!« Sanchez klopft ihm glücklich auf die Schulter und pfeift ein Lied. »Bienvenido!« Ihnen allen geht es sofort gut, es ist richtig hier zu sein, es ist das einzig Richtige, was sie tun können.

Sie gehen nicht durch die Gepäckkontrolle, sondern legen dem Mann dort nur einige Scheine hin, ja sie sind wieder in Puerto Rico. Als sie danach durch den Flughafen laufen, sehen ihnen mehrere Personen hinterher, jeder hier kennt die Surenas und Trez Puntos und viele auch die Söhne. Sie fragen sich sicherlich, ob sie richtig gesehen haben und die Familias wieder zurück sind. Leandro hofft, dass sie schnell genug etwas unternehmen können, bevor es sich allzu sehr herumspricht.

Avilio und zwei weitere Männer warten auf sie. Es tut gut, endlich wieder welche aus den Familias zu treffen. Man sieht die Verwunderung in ihren Augen, die anderthalb Jahre haben die Jungs erwachsen werden lassen. Sie hatten keine andere Wahl, sonst könnten sie das jetzt nicht wagen, was sie vorhaben.

»Es ist schön euch zu sehen und das endlich etwas passiert, die Männer sind mehr als bereit zurückzuschlagen, alle warten nur auf eure Anweisungen!« Damit fallen alle Blicke auf ihn und Sanchez. Natürlich sind sie für die Puntos nun die Anführer, während Sami, Damian und wieder er für die Surenas die Anführer sind.

Leandro muss sich erst an den Gedanken gewöhnen, dass sie nun das Sagen unter den Familias haben und nicht ihre Väter oder einer ihrer Onkels die Befehle gibt.

Alle verteilen sich auf zwei Autos, es sind alte Schrottkarren. Leandro fragt sich, was mit den ganzen Autos passiert ist, die sie hier zurücklassen mussten, sie werden es sicherlich früh genug erfahren. Der Weg vom Flughafen dauert eine Weile und in der Zeit erhalten sie die ersten Informationen, was sich in den achtzehn Monaten in Sierra ereignet hat.

Avilio erzählt ihnen, dass die ersten Tage, nachdem sie weg waren, einige kleine Familias aufgetaucht sind. Sie konnten sie vertreiben, doch es kamen immer mehr. Um ihre Familien zu schützen, haben sie es aufgegeben und sich eine Stadt weiter niedergelassen. Keiner wusste, wer noch von der anderen Familia da ist, wer überhaupt noch zu ihnen gehört. Einige haben sich einfach anderen Familias angeschlossen.

Sie haben sich Arbeit gesucht, da kein Geld mehr reinkam und nur noch halb ein Auge auf Sierra gehabt. Avilio gibt zu, dass er eine Zeit lang keinen Schritt mehr nach Sierra gemacht hat, es hat ihn zu wütend gemacht, was dort passiert ist.

Die kleinen Familias haben sich in den Häusern umgesehen und die Autos genommen, doch sind meistens zurück in ihre Gegend. Viele haben sich auch die Geschäfte der Surenas oder Puntos unter den Nagel gerissen. Es wurde erst richtig schlimm, als sich eine neue Familia in Sierra niedergelassen hat.

Leandro horcht auf, er hat es befürchtet, es wäre zu einfach gewesen, einfach nur die Splitter der Verwüstung zu entfernen und weiterzumachen, er hat geahnt, dass nun eine andere Familia ihren Platz einzunehmen versucht. Man hört den Hass Avilios, als er von den Mara Nuestra erzählt, der Familia, die nun in Sierra lebt.

Sie sind genau ein halbes Jahr später gekommen und seit einem Jahr denken sie nicht daran, Sierra wieder zu verlassen. Sie sind aus Mexiko gekommen, angeblich schon vor mehreren Jahren, sie sollen von dort geflüchtet sein. Mexiko ist ähnlich strukturiert mit Familias wie Puerto Rico und wenn eine größere Familie hinter ihnen her war, hatten sie wahrscheinlich keine andere Wahl.

Avilio sagt, dass der Anführer Gallardo sich aufführt wie ein Gott, er beherrscht Sierra, als hätte er die Puntos und Surenas eigenhändig besiegt. Ihm waren die Häuser zu klein, deswegen hat er sich auf einem Hügel, von wo aus er über ganz Sierra blicken kann, einen kleinen Palast bauen lassen. Er zieht den Namen der Surenas und der Puntos in den Dreck. Alle haben Angst vor ihm, dabei haben seine Leute noch nie einen Finger krumm gemacht.

Sie haben sich nichts verdient, sie ruhen sich auf den Namen der Trez Puntos und der Les Surenas aus. Sie übernehmen ihre Geschäfte, fahren zu den alten Geschäftspartnern und sacken das Geld ein, was den Puntos und den Surenas gehört. Sie erhalten die Zahlungen für Lieferungen, die noch ihre Familias getätigt haben. Außerdem nehmen sie von allen Geschäftsleuten in Sierra Geld ein, was die Familias niemals getan haben.

Die Einwohner haben Angst und tun was sie wollen, selbst die anderen puertoricanischen Familias ziehen sich zurück, wahrscheinlich weil sie noch an die Macht der Surenas und Trez Puntos denken, doch die Mara Nuestra haben sich diese Macht gar nicht verdient.

Leandro fragt ihn weiter über die Mara Nuestra aus, doch allzu viel wissen die Hiergebliebenen nicht, da sie nicht mehr oft nach Sierra fahren. Leandro kann es verstehen, wäre er hier und hätte nicht die Macht etwas zu unternehmen, würde er sich das Ganze auch nicht mitansehen können.

Unterwegs machen sie kurz Halt an einem Laden, wo sie früher oft hingefahren sind, weil es hier das beste Essen gibt und schon immer gab. Der Inhaber sieht Leandro und seine Cousins an, als wären sie Geister, doch zu ihrer Verwunderung umarmt er sie plötzlich und fragt nach ihren Vätern. Sanchez antwortet knapp, diese werden auch bald wieder da sein, sie werden alles dafür tun!

Leandro dachte immer, dass der Mann Angst vor ihnen hat, offensichtlich müssen alle so unter der neuen Familia leiden, dass sie die alten vermissen. Als er das offen anspricht, nachdem sie sich gesetzt haben, schüttelt Avilio den Kopf. »Verwechsle nicht Angst mit Respekt! Die Leute hier in Sierra hatten immer Respekt vor den Trez Puntos und den Les Surenas, doch sie brauchten keine Angst zu haben. Die Familias haben die Menschen nicht schlecht behandelt oder ihnen Angst eingejagt. Nur in ihren Geschäften und unter den Familias, aber sie sind mit allen anderen immer freundlich und respektvoll umgegangen, das ist der Stil unserer Familias, das müssen alle anderen noch lernen. Wir würden nie ihre eigenen Landsleute ausbeuten oder an den kleinen Leuten verdienen. Wir haben nur Geld mit Schutz der Geschäftsleute eingenommen oder Warenhandel betrieben, niemals jemanden ausgebeutet wie die Mara Nuestra oder andere.«

Natürlich weiß Leandro, dass sie in Sierra sehr beliebt waren, sein Vater, die Onkel, alle sind immer höflich mit allen umgegangen, doch wie und mit wem sie genau alles Geschäfte gemacht haben, weiß er nicht, dazu hatte er noch zu wenig Einblick.

Sie lassen das Thema fürs Erste fallen, es bedrückt zu sehr. Sie genießen das Essen, der Inhaber des Ladens merkt, dass sie die puertoricanische Küche vermisst haben und stellt ihren Tisch immer wieder voll.

Leandro merkt, dass er langsam wieder richtig atmen kann, es ist noch nicht alles wieder gut, doch es wird besser und sie sind auf dem richtigen Weg, das spürt er mit jeder Faser seines Körpers. Nach dem Essen fahren sie weiter in Richtung Sierra, leider biegen sie vorher ab und fahren in eine kleine Stadt, die dicht an Sierra liegt.

Sie erreichen Avilios Hof, er hat es sich hier gemütlich gemacht in einem Steinhaus, was auf einem abgeschiedenen Hügel liegt. Schafe und Hühner laufen herum und sein kleiner Sohn kommt ihnen entgegen, den sie alle noch als Baby im Arm hatten.

Auf dem Innenhof erwartet sie eine Überraschung, vier weitere Männer der Surenas warten auf sie. Alle begrüßen sich glücklich, man spürt, dass jedem eine Last von den Schultern fällt. Sie setzen sich, Avilios Frau bringt ihnen Getränke. Keine zwei Minuten später kommt ein Auto in den Hof gefahren und der Padre steigt aus mit drei weiteren Männern, zwei Puntos und einem der Surenas. Leandro fühlt sich immer besser, als er all die bekannten Gesichter wiedersieht.

Der Padre ist nicht mehr so gut auf den Beinen und sie setzen sich alle wieder, nachdem sie sich begrüßt haben. Überhaupt wirkt der Padre sehr geschwächt. Er holt einen Brief hervor und alle werden ruhig. »Leandro, dein Vater hat mir geschrieben.« Verdutzt sieht er den Mann an, der ihn schon getauft hat. »Wie konnte er das machen? Wir konnten sie die letzten Monate nicht erreichen, nur ganz selten für einige Minuten am Telefon mit ihnen sprechen und sie uns gar nicht kontaktieren.«

Der Padre öffnet den Brief und liest ihnen das von seinem Vater Geschriebene vor.

'Padre, wir wissen nicht, ob sie dieser Brief jemals erreichen wird, doch wir legen unsere Hoffnungen darauf. Ein Arzt tut uns diesen Gefallen und wir hoffen, dass es klappt. Ich kann nicht zu viel schreiben, falls der Brief doch in die falschen Hände gerät, aber sollte er sie erreichen, bitten wir sie, unserer Familie einen großen Gefallen tun. Sie kennen alle Männer in und um Sierra, die zu unserer Familia gehören, sie werden wissen, wo sie noch weitere Männer finden können. Es kann sein, dass bald Besuch eintrifft und die Männer, die noch in Sierra sind, sollen sich für den Fall bereithalten und sich gut um den Besuch kümmern. Wir hoffen bald zurückzukommen.'

Leandro sieht auf das Blatt Papier, als der Padre es ihm danach überreicht. »Es hat geklappt, der Arzt wird uns vielleicht eine Hilfe sein, wenn wir nach Kolumbien gehen.« Sami spricht seine Gedanken aus. »Erst werden wir hier wieder für Ordnung sorgen. Gibt es noch mehr Männer, die von uns übrig sind?« Sanchez sieht zu den zehn jetzt anwesenden Männern und Avilio schüttelt den Kopf.

»Nein, wir sind die Letzten, alle anderen sind zu anderen Familias gegangen oder in Kolumbien.«

Siebzehn Mann, mit siebzehn Mann werden sie versuchen, Sierra wieder in die Hände zurückzuführen, in die die Stadt gehört, seit vielen Generationen. Und wenn Leandro alleine dafür kämpfen müsste, würde er es tun!

Er müsste daran zweifeln, dass sie eine Chance haben, aber je länger er die Männer betrachtet und dem zuhört, was seit dem Tag als sie weggehen mussten passiert ist, desto weniger Zweifel hat er. Diese Männer würden alles für die Familias tun, um zurück nach Sierra zu kommen, sie sind genauso bereit dafür, ihr Leben dafür zu geben wie sie, mehr braucht man nicht. Mit so einem starken Willen kann man alles erreichen.

Noch haben sie keinen genauen Plan, dafür wissen sie zu wenig davon, was genau in Sierra passiert und wie es da aussieht, sie müssen hin und sich selbst ein Bild machen, dann können sie entscheiden, wie sie weiter vorgehen. Der Padre erzählt, dass niemand der neuen Familia in die Kirche kommt. Die Bewohner der Stadt haben Angst vor ihnen.

Er beschreibt, wie sie vor einigen Wochen den Día de los Muertos, den Tag der Toten gefeiert haben. Es war das erste Mal, dass sie sich an die Kirche gewandt haben, aber auch nur einige Frauen aus der Familie. Der Padre hat ihnen erklärt, dass sie hier diesen Tag nicht feiern, doch die Frauen haben ihm ein paar Scheine gegeben und gesagt, dass sich dies nun ändern wird. Jeden kann man bestechen und kaufen, doch den alten Mann, der schon immer die Kirche in ihrer Stadt geführt hat, nicht.

Es hat ihn niemals interessiert, welche Familia bei ihm in der Kirche war, ob derjenige getötet oder gesündigt hat, er hat alle Menschen immer gleich und gut behandelt und jedem die Beichte abgenommen. Leandro kennt keine bessere Seele, als diesen Mann Gottes und alleine die Vorstellung, dass man ihn so respektlos versucht hat zu bestechen, macht ihn wütend.

Der Padre erzählt, wie er den Frauen höflich erklärt hat, dass er kein Geld nehme, nur als Spende für die Kirche, dieser Tag aber trotzdem hier nicht gefeiert wird. Offensichtlich sind die Frauen Abweisungen nicht gewohnt, keine fünf Minuten später sind zwei Männer gekommen, die den Altar der Kirche verwüstet und mehrere Holzbänke kaputt geschlagen haben. Sie haben den verängstigten Kirchenmitgliedern gesagt, dass sie den Tag feiern werden, und der Padre an den zwei Tagen die Kirche nicht betreten darf. Sie werden einen Padre besorgen, der seinen Platz einnimmt.

Sanchez flucht laut auf und entschuldigt sich gleich danach wieder dafür vor den alten Mann. Der Padre lächelt mild und erzählt weiter. Nach dem Angriff sind alle gegangen, mit Ausnahme einer jungen Frau, die ihnen geholfen hat das, was nicht zerstört war, wieder aufzubauen. Sie hat sich tausend Mal entschuldigt für das Verhalten der Familia, doch etwas dagegen unternehmen konnte sie auch nicht.

Die Tage der Toten wurden groß gefeiert, die Straßen geschmückt und ganz Sierra sah aus wie eine mexikanische Stadt an diesem Fest. Die puertoricanischen Einwohner haben nicht an dem Fest teilgenommen und es nur von Weitem betrachtet, etwas dagegen zu unternehmen, hat sich keiner getaut.

Der Padre durfte seine Kirche nicht betreten, er musste in seinem Haus, was direkt dahinter liegt, bleiben. Seitdem kommt öfter ein mexikanischer Geistlicher und übernimmt seinen Platz für einige Tage. Er hat keine Macht, etwas dagegen zu tun.

Die Einwohner von Sierra beklagen sich jedes Mal über das Leid, was nun in Sierra herrscht. Der Padre wird die Stadt nicht verlassen und weiter für sie alle da sein. Das junge Mädchen ist die Einzige, die hin und wieder zu ihm in den normalen Gottesdienst kommt. Vor zwei Wochen, nachdem er wieder für drei Tage in sein Haus gesperrt wurde, hat er sie dann beim nächsten Besuch angesprochen und gefragt, ob sie weiß, was ihre Familie mit der Kirche vorhat.

Der Padre erklärt, dass er ihre Angst gesehen hat, doch sie hat sich nach mehreren Bitten doch getraut und ihm traurig erklärt, dass ihr Vater den mexikanischen Geistlichen ganz herholen will. Er muss noch einige Sachen erledigen und wird es erst in ein paar Wochen schaffen, ganz nach Sierra zu ziehen, solange kommt er nur ab und zu. Doch wenn er kommt, soll er die Kirche übernehmen.

Der Padre beginnt zu zittern, seine Augen sehen ungläubig zu allen. »Ich habe sie gefragt, was aus uns wird, denen, die jetzt die Kirche leiten, was sie vorhaben, doch sie konnte es mir nicht sagen. Ich kann doch nicht einfach meine Kirche aufgeben, was ist mit den ...« Kasim legt ihm die Hand auf die Schulter, um den geschwächten Mann zu beruhigen. »Sie werden gar nichts Padre, machen sie sich keine Sorgen, wir sind jetzt wieder da!«

Leandro hat sich oft gefragt, was mit den Leuten aus Sierra ist, eigentlich dachte er, dass die meisten zufrieden sind, die Familias los zu sein, dass es so schlimm steht, hätte er nicht gedacht.

Einer der Surenas fährt zu seinem Haus, was gleich in der Nähe ist und kommt mit einer mit Schusswaffen gefüllten Kiste wieder, er hat sie aus dem Punto-Haus mitgenommen. Die Jungs bedienen sich und dieses Mal stellt es niemand in Frage, dass sie Waffen tragen.

Die Zeiten haben sich geändert.

Sie sitzen noch bis tief in der Nacht zusammen, überlegen sich, wie sie weiter vorgehen wollen und was sie als Erstes tun. Die neue Familia wird die Gesichter der jungen Generation nicht kennen, also können sie sich erst einmal in Ruhe in Sierra umsehen und die Lage abschätzen.

Die Einwohner werden sie zwar erkennen, doch sie müssen versuchen, sich dort so unauffällig wie nur möglich zu benehmen. Sie fahren alleine ohne die Männer, die der neuen Familia schon bekannt sind. Dann erst können sie genau planen, was sie zu tun haben. Die Männer der Surenas und der Trez Puntos wollen sich auch allesamt an Kolumbien beteiligen und die anderen befreien, aber auch sie stimmen zu, dass sie erst hier wieder die Macht bekommen müssen, damit sie auch bei den Behörden weiterkommen.

Als sie sich danach bei Avilio im Haus schlafen legen, dauert es lange, bis Leandro neben Sanchez auf der Matratze zur Ruhe kommt. Es geht ihm viel durch den Kopf, für sie geht es hier um alles. Um ihre und die Zukunft der ganzen Familien. Als alles noch in Ordnung war, hat er sich nichts mehr gewünscht, als dass er endlich mehr in der Familia zu tun und zu sagen hat, dass er nun hier liegen wird und das Glück aller in seinen Händen liegt, hätte er sich niemals vorgestellt.

Sie haben sich kurz bei ihren Müttern gemeldet, um keinen Verdacht aufkommen zu lassen. Leandro hasst das Gefühl sie anlügen zu müssen, doch ihnen bleibt keine Wahl. Wenn es hier schief geht, wissen sie nicht einmal, wo sie sind. Sie müssen unbedingt versuchen, diesen Arzt ausfindig zu machen, um mit seinem Vater und den anderen in Kontakt zu kommen. Es gibt viel zu tun, und Leandros Kopf ist so überfüllt, dass er erst einschläft, als langsam die Sonne wieder aufgeht.

Am Vormittag, als er endlich aufsteht, sind seine Cousins schon unterwegs, sie wollen ihre Schießsicherheit aufbessern. Leandro nimmt sich die Papiere, die sie mitgebracht haben und fährt mit Avilio in seinem Auto nach San Juan in die Hauptstadt. Sie brauchen mit dem alten Wagen fast vier Stunden, mehrmals gibt er beinahe den Geist auf.

Als sie dann San Juan erreichen, drängt Leandro alles danach, zur Polizeibehörde zu gehen und in Erfahrung zu bringen, wo er die beiden Bastarde findet, die seine Familia so hereingelegt haben, doch für solche Sachen hat er jetzt keine Zeit. Sie bekommen ihre gerechte Strafe und werden ihnen helfen, die Männer wieder aus Kolumbien zu bekommen, dafür wird er sorgen.

Avilio und er gehen etwas essen und danach zu der großen Zentralbank. Leandro fühlt sich beobachtet, es ist ein großes Risiko, mit seinem richtigen Pass nun an dieses Konto heranzugehen, doch sie müssen es tun. Es ist später Nachmittag und die Siesta gerade vorbei.

Zu seinem Glück scheint den Mitarbeiter, dem er alles vorzeigt, nicht zu interessieren, wer er ist oder zu wem er gehört. Sie werden in einen extra Raum gebracht, zu einem Schließfach. Leandro dachte, es wäre ein normales Konto. Als er jetzt den Schlüssel bekommt, zweifelt er daran, dass ihnen das, was sich im Fach befindet, viel helfen wird.

Im Schließfach steht ein dicker silberner Koffer. Leandro nimmt ihn und ohne ihn zu öffnen verlassen sie die Bank wieder. Es könnte alles Mögliche darin sein, er will nicht noch mehr Aufmerksamkeit erregen. Im Auto dann öffnen sie ihn erst. Avilio flucht, als sie das ganze Geld sehen.

Leandro ist nicht so beeindruckt, seine Familie hat immer über viel Geld verfügt. Tut sie immer noch, nur kommt er jetzt gerade nur an dieses Geld heran. Sie zählen es durch und er stellt zufrieden fest, dass es reicht, sich um die wichtigsten Sachen zu kümmern.

Sie besorgen zuerst ein neues Auto und lassen Avilios Schrottkarre gleich stehen. »Die Familias leben wieder auf!« Avilio ist auch zufrieden, als sie doppelt so schnell zurück zu seinem Haus fahren. Er fragt Leandro nach seiner Plaka und der erzählt ihm von den Trez Surentos. Avilio nickt. »Das war lange überfällig!« Als sie zurück sind, ist es schon später Abend und alle warten gespannt auf sie. Nachdem das Auto begutachtet wurde, erzählt Avilio den anderen Männern von der Trez Surentos-Plaka und Kasim zeigt seine voller Stolz.

Leandro denkt sich, dass jeder es versteht, es ist für die neue Generation anders als für sie, die noch in beiden Familias und mit der Feindschaft gelebt haben. Pepe einer der Surenas, holt danach aus seinem Haus das typische Tätowierer-Besteck, was er auch immer benutzt hat, um die Plakas der Surenas, die neu in die Familia aufgenommen wurden, zu stechen.

»Es ist schon längst an der Zeit dafür gewesen, die Trez Puntos gehören zu den Les Surenas und umgekehrt.« Es hat etwas Ehrfürchtiges, als sich jeder von ihnen unter ihre Trez Puntos oder Les Surenas-Plaka auch die Trez Surentos-Plaka stechen lässt. Keiner sagt dabei ein Wort. Als sie danach zusammensitzen und etwas trinken, sieht Leandro in Richtung Sierra.

Sie sind nur siebzehn Mann, doch sie werden sich ihre Stadt zurückholen, und wenn es das Letzte ist, was sie tun.

Kapitel 10

Am nächsten Tag fahren sie mit ihrem neuen und Pepes Auto nach Sierra. Leandro fährt mit Sami, Damian und Sanchez. Nesto, Kasim und Rico fahren direkt hinter ihnen. Es ist ein merkwürdiges Gefühl wieder in Sierra hineinzufahren. Zum einen tut es gut ihre Stadt wieder zu sehen, zum anderen drücken ihnen die Umstände, wie sie es tun müssen, die Kehle zu.

Alle sind ruhig, als sie die ersten bekannten Straßen passieren. »Fahr zum Punto-Haus!« Sanchez' Stimme ist unruhig, sie wollten eigentlich zuerst einmal quer durch die Stadt und sich einen Überblick verschaffen, doch wo sie jetzt hier sind, wirft auch Leandro alle Pläne über Bord und steuert die nächstgelegene Stelle an. Von den Häusern und Straßen hat sich nicht viel geändert, sie sehen viele bekannte Gesichter, bisher hat sie jedoch noch niemand entdeckt.

Als sie an dem Kindergarten vorbeifahren, muss Leandro an seine Mutter denken, sie würde sicherlich weinen, wenn sie die Möglichkeit hätte, jetzt hier zu sein. Sie fahren am Meer vorbei und direkt zum Punto-Haus. Einige Meter davor hält Leandro, Kasim hält hinter ihnen. Es sieht alles ruhig aus, fast schon ausgestorben, die Häuser, in denen die Mitglieder der Puntos gelebten haben, wirken wie nach einem bösen Sturm.

Hier und da liegen Klamotten auf dem Rasen, einige Haustüren stehen offen. Das Punto-Haus steht ebenfalls offen da, jeder zieht seine Waffe.

»Wir sollten uns an den Plan halten und nicht auffallen, vorerst!« Sami sieht sie alle mahnend an. »Tun wir doch, ich will nur einmal nachsehen, wie es aussieht.« Also steigen sie aus, Rico kann es am wenigsten abwarten und eilt direkt ins Haus. Sie müssen versuchen klar zu denken und ihre Emotionen wegzulassen, sonst wird das Ganze in die Hose gehen. Leandro flucht und geht dem Jüngsten von ihnen schnell hinterher.

Als er das Haus allerdings betritt, stockt er, hier drinnen hat kein Sturm sondern ein Hurricane gewütet. Nichts, aber auch nichts steht mehr auf seinem Platz. Schubladen sind aufgerissen, Schränke umgeworfen, die Ledersofas aufgeschlitzt, Schüsse in den Wänden.

»Diese verdammten Hurensöhne!« Sami tritt ebenfalls ein. Die Fernseher sind von den Wänden weg, alle Anlagen, alle Geräte entfernt, dass die Autos vor dem Haus fehlen, haben sie sofort gesehen.

Rico, Kasim und Nesto gehen in den Garten, während Leandro mit Sami in den Zimmern nachsieht. Überall das gleiche Bild, die Küche ist ebenfalls auseinandergenommen, sie haben sogar die Toiletten verwüstet. »Da haben wohl einige ihre Wut abgelassen.« Bei dem riesigen Bild, was im Hauptzimmer hängt, wo alle Mitglieder der inneren Kreise der Trez Puntos zusammenstehen, haben sie jedem mit einem schwarzen Stift den Kopf abgetrennt.

»Diese feigen Schweine, als hätten sie sie eigenhändig vertrieben!« Leandro nimmt das Bild ab und dreht es um, seine Wut wird zu stark, wenn er sich dabei noch die Gesichter seiner Onkel ansehen muss.

»Was denkst du was du hier tust, du Bastard?« Von Sanchez' lautem Geschrei werden sie alarmiert und rennen zu dem Zimmer, aus dem der Lärm kommt. Sie finden ihn und Damian mit zwei Männern vor, die sie offenbar aus den Betten dort gezogen haben. Sanchez hat einem von ihnen schon eine blutende Platzwunde am Kopf zugefügt.

»Wir wussten nicht ...seid ihr wieder zurück? Mierda, wir haben damit nichts zu tun. Wir würden euch niemals etwas Schlechtes wünschen, wir haben die Häuser so vorgefunden und nur etwas zum Schlafen gesucht.« Sami hält Sanchez zurück, auch Leandro erkennt, dass es sich bei den beiden Männern um zwei Obdachlose handelt, die schon immer hier im Punto-Gebiet auf der Straße herumgelungert haben.

Sie kennen die Puntos, oft haben sie den beiden Männern etwas von dem Essen gebracht, wenn es eine Feier gab oder hier und da etwas Geld in die Hand gedrückt. Es sind einfach nur zwei Säufer.

»Wer war das? Habt ihr es gesehen?« Damian wendet sich an den unverletzten Mann und Leandro wirft dem anderen ein auf dem Boden liegendes Handtuch hin, damit er sich das Blut aus dem Gesicht wischen kann.

»Es waren viele hier und immer wieder sind neue gekommen. Jetzt seit ein paar Monaten war keiner mehr hier und wir dachten, da das Haus leer steht... wo sind eure Väter? Was ist passiert, von einem auf den anderen Tag waren alle weg. Die Leute sagen, dass die neue Familia alle getötet hat und nun hier ihren Platz einnimmt!«

Leandro lacht bitter auf. »Niemand wurde getötet und die neue Familia hat einen Scheiß getan. Sie sind nur hier, weil wir gerade nicht da sind, aber das ändert sich wieder!« Ein Grinsen breitet sich auf dem Gesicht des Obdachlosen aus. »Kommen alle wieder? Mich würde es freuen, ich wollte jeden aufhalten, ich hätte sie mit meinen eigenen Händen bekämpft, doch mein Bein macht mir solche Probleme!«

Leandro kramt in seiner Hosentasche und drückt dem Mann ein paar Scheine in die Hand. Natürlich werden auch sie sich Sachen genommen und verkauft haben, aber er ist nicht sauer auf sie. Sie sind einfach nur arme Säufer.

»Verschwindet jetzt und zu niemandem ein Wort, dass wir wieder da sind. Es soll eine Überraschung werden.« Er zwinkert ihnen noch zu und die beiden verschwinden schnell aus der Haustür. Mittlerweile sind auch Rico, Kasim und Nesto bei ihnen.

Sie verlassen das Punto-Haus und folgen alle Sanchez durch den Hintereingang hinauf zu seinem Haus. Da hier fast nur Mitglieder der Puntos gewohnt haben, ist die ganze Nachbarschaft wie ausgestorben und ihnen begegnet niemand. Ein etwas anderes Bild, als das am Punto-Haus, erwartet sie nun in den höheren Straßen, wo sie ihre privaten Häuser haben.

Leandro verwundert es nicht, es sind nicht viele hier in die Gegend hineingekommen. Juan hat immer darauf geachtet, dass nur das Punto-Haus bekannt war, kein Fremder, der nicht zur Familia gehört, weiß, welches das Haus ist, wo Juan und seine Familie oder ihre Oma gelebt haben. Hier sind kaum Schäden zu sehen.

Sanchez, Sami und er gehen in Juans Haus, was noch verschlossen ist, während Nesto, Rico, Damian und Kasim zwei Häuser weiter zu Miko gehen. Autos stehen keine mehr da, das war sicherlich das Erste, was die sich gekrallt haben und so unverschämt wie sie sich alle aufgeführt haben, haben sie damit wahrscheinlich sogar noch ihre Beute transportiert.

Natürlich hat Sanchez keinen Schlüssel dabei, also schlagen sie eine Scheibe ein und klettern durch das Fenster. Hier im Haus scheint niemand gewesen zu sein, es steht alles noch, und sie gehen zufrieden durch die Räume hoch in Sanchez' Zimmer.

An der Wand bei den Treppen hängt ein großes Bild von Juan und Sara bei ihrer Hochzeit, neben ihnen seine Mutter und sein Vater. Daneben ein etwas kleineres Bild mit allen Männern der Trez Puntos und der Surenas auf Juans Hochzeit. Er selber sitzt auf Mikos Schultern noch als kleiner Zwerg. Bei Gott, wie sehr er diese Zeit gerade vermisst.

In seinem Zimmer legt sich Sanchez auf den Boden und kramt unter dem Bett, er schmeißt einige DVDs und Hefte heraus. Sami verzieht die Nase. »Du bist auch immer notgeil, oder?« Mit einem gegrummelten, »halt die Klappe«, führt Sanchez seine Suche fort, bis er eine Waffe herauszieht und sie zufrieden prüft, ob genug Munition darin ist.

»Wir sollten keine Waffe im Haus haben du Idiot!« Leandro setzt sich auf Sanchez' Bett. »Die hat mir mein Vater gegeben, an dem Tag, wo sie nach Kolumbien sind.« Er lädt sie durch und steckt sie sich in den Hosenbund zu seiner anderen. »Kümmern wir uns um die, die hierfür verantwortlich sind!«

Draußen vor dem Haus treffen sie auf ihre Cousins, bei Miko waren zwar welche drinnen, doch außer den teuren Geräten wie Fernseher und Playstations haben sie nichts angerührt. Sie begutachten noch einige weitere Häuser und machen im Punto-Haus kurz Pause am Tisch im Garten, wo so viele Besprechungen stattfanden und in dem jetzt mit einem Messer 'die Zeiten ändern sich!' eingeritzt wurde. Leandro sieht auf den Schriftzug und die Verwüstung im Garten.

Ja, das werden sie sich jetzt auf jeden Fall!

Das Punto-Gebiet wurde schwer auseinandergenommen, doch zu ihrem Glück nicht die privaten Häuser. Damian will als nächstes zu ihnen und da nach dem Rechten sehen, doch das wird nicht so leicht. Leandro weiß, dass es dort noch schlimmer sein wird. Das Punto-Gebiet ist verwinkelter, geheimer, gewesen. Es ist bekannt, dass das riesige Grundstück der drei Anführer der Surenas auch ihr privates Zuhause war. Leandro will sich gar nicht vorstellen, wie es nun da aussieht.

»Irgendwie halten wir uns nicht an den Plan!« Auf dem Weg ins Surena-Gebiet sieht Sami nachdenklich aus dem Fenster. »Wir hatten keinen echten Plan, wir wussten nicht was uns erwartet und das ist schlimmer, als jeder von uns gedacht hat.« Sie fahren an der Uni vorbei ins Surena-Gebiet. Die Häuser, die von Mitgliedern der Surenas bewohnt waren, sehen alle ziemlich unangetastet aus, doch es sind zu viele und zu weit voneinander entfernt, um sie sich genau anzusehen.

Sie fahren zu ihrem alten Anwesen, halten aber kurz davor an. Hier ist alles viel belebter und voller als im Punto-Gebiet, sie werden sofort auffallen.

»Ich habe eine bessere Idee.« Sami dirigiert Leandro zum Anfang des Surena-Gebietes und zu einem allen gut bekannten Restaurant.

Der Besitzer ist schon immer ein Freund der Familie gewesen. Latizia hat Leandro erzählt, dass ihr Vater seine Mutter zu ihrem ersten Date hergebracht hat.

Sie halten hinter dem Restaurant, es wird voll besucht sein und sie wollen ja nicht auffallen. Rico, der wie sein Vater immer ein Käppi trägt, holt mehrere aus seiner Sammlung aus dem Kofferraum. »Ich hab mir gedacht, dass wir die gebrauchen können!« Sie ziehen sich alle eins über und tief ins Gesicht, als sie von dem Hintereingang direkt in die Küche gehen.

»Was sucht ihr hier, verschwindet, wir haben schon bezahlt für diesen Monat!« Eine Angestellte geht sie sofort an, sie muss denken, dass sie Mitglieder der neuen Familia sind und Geld eintreiben wollen. Sami neben Leandro lacht leise, sie beachten die Frau nicht weiter und durchqueren die Küche bis sich ihnen der Chef in den Weg stellt. »Kann ich ihnen ...« Leandro hebt sein Käppi etwas hoch und deutet dem Mann still zu sein und mitzukommen.

Zusammen gehen sie direkt auf das Dach des Restaurants, so müssen sie nicht durch das Restaurant selbst laufen. Oben angekommen, nimmt der Besitzer jedem sein Käppi ab und umarmt alle. »Madre Mia, ich dachte ihr wärt ... « Er kneift Damian in die Wange, der die Augenbrauen hochzieht. »Ihr seid es wirklich, wo sind die anderen? Wo sind eure Väter?«

Damian zieht sein Käppi wieder auf. »Dachtest du auch, die hätten uns erledigt? Die haben nicht einen Finger krumm gemacht, wir wissen nicht einmal, wer diese Mara Nuestra ist. Wir sind von der kolumbianischen Regierung hereingelegt worden, unsere Väter, sie alle, kommen da nicht weg, aber es geht ihnen gut. Darum kümmern wir uns später, erst einmal müssen wir hier wieder die Oberhand zurückgewinnen.«

Der alte Mann bekreuzigt sich. »Ich habe für eure Familien gebetet!« Sami geht zu dem Teil des Daches, von dem man die beste Aussicht hat. »Das muss vorerst unter uns bleiben, dass du uns gesehen hast, sonst verlieren wir unseren Vorteil!« Der Mann nickt und geht mit ihnen zum Ende des Daches. »Ich schweige wie ein Grab!«

Es ist perfekt hier, sie können alle Häuser genau sehen. Jetzt von oben entdecken sie, dass doch auch hier viele Gärten Verwüstungen aufzeigen, wenn auch nicht so stark wie bei den Puntos. In einigen Häusern leben offensichtlich auch welche. »Sie haben euren Platz eingenommen!« Der alte Mann zeigt traurig zum Surena-Anwesen, dem Zuhause von Sami, Damian und Leandro.

Ihre Autos stehen noch da und zusätzlich viele neue. Sie sehen, dass es bewohnt ist, einige Sachen wurden geändert. In den großen Gärten sehen sie Männer, bei deren Anblick sie genau erkennen, dass es Mexikaner sind.

Leandros Wut steigt ins Unermessliche als er sieht, wie sie in ihrem Pool schwimmen und sich in ihren Häusern fühlen, als wären es ihres. Sami hält seine Waffe hoch und zielt auf sie ohne abzudrücken. Jeder weiß, dass sie von hier nicht treffen würden, und das ist auch nicht der Stil der Familia. Sie sehen ihren Gegnern in die Augen.

»Ich dachte, der Anführer hätte ein eigenes Haus gebaut?« Der alte Restaurantbesitzer zeigt etwas zur Seite, wo wirklich auf einem Hügel ein riesiges neues Haus steht, woran immer noch gebaut wird. »Ja hat er, dort lebt er mit seiner Familie, in eurem alten Anwesen leben nur seine Mitglieder.« Sami sieht auch zu dem Haus. »Wie viele sind es ungefähr, kann man das einschätzen?«

Der alte Mann zuckt die Schultern. »Also nicht so viele wie eure Familias, ich schätze es sind vierzig - fünfzig Mann, es ist schwer zu sagen. Also die Familie von ihm, diesem Gallardo, besteht aus seiner Frau, zwei Töchtern und einem Sohn, sie wohnen in dem Haus.« Leandro schüttelt den Kopf und sieht zu seinem alten Zuhause, lauter Bastarde bewohnen es jetzt, am liebsten würde er sofort hin und sie alle da rausschmeißen.

»Es sind aber von den fünfzig Mann mindestens zehn von euch, sie haben sich der Mara Nuestra angeschlossen.« Kasim flucht auf.

»Solche Männer haben keinen Wert, Männer wie Avilio haben Wert. Die nicht in die Familia geboren wurden und trotzdem bei ihr bleiben, egal was kommt. Nicht solche wie sie, die, sobald etwas passiert, die Fronten wechseln.«

Leandro setzt sich auf einen Schornstein. »Wir müssen uns jetzt genau überlegen wie wir vorgehen. Lasst uns zurück und es mit Avilio und den anderen besprechen.« Der ältere Mann wendet sich an sie.

»Wenn ihr noch Männer braucht, ich bin mir sicher, dass sich viele finden werden, die diese Familia Nuestra hier vertreiben wollen.« Rico lächelt. »Nein, das ist die Sache unserer Familia, wir ziehen da niemand anderen mit rein, aber mach dir keine Sorgen. Wir werden dafür sorgen, dass alles wie früher wird.«

Bevor sie zurück zu Avilios Haus fahren, halten sie noch kurz an der Kirche, um nach dem Padre zu sehen, sie machen sich Sorgen, nachdem er so geschwächt auf sie gewirkt hat. Sie wollen sich auch ansehen, wie sehr die Kirche zerstört wurde. Der Gottesdienst ist schon beendet, also gehen sie unentdeckt in das Gebäude, wo sie gleich ihre Käppis abnehmen. Ganz vorn in der ersten Bank sitzt eine Frau mit schwarzen Locken und ist in ihr Gebet vertieft, sonst ist die Kirche leer.

Nesto flucht auf, als er sieht, wie viele Bankreihen zerstört sind und wie viele Dinge der heiligen Messe nur noch auf provisorischen Kisten stehen. Er bekreuzigt sich nach seinem Fluch und sie gehen nach vorne, was die Frau aufsehen lässt. Sie ist noch jung, vielleicht siebzehn oder achtzehn.

Leandro würde sich daran erinnern, wenn er ihr hübsches Gesicht mit den großen braunen Mandelaugen und den vollen Lippen schon einmal gesehen hätte. »Wo ist der Padre?« Sanchez sieht sie von oben bis unten an, auch sie mustert alle sieben genau. Ihr Blick bleibt auf Leandro. »Wer seid ihr?«

Leandro ist sich sicher, dass sie neu hier ist, sonst würden sie sie kennen und auch schon mal gesehen haben. »Wo ist der Padre?« Sami wiederholt genervt Sanchez' Frage und die Frau steht auf. »Er ist nicht hier, falls ihr keine Augen im Kopf habt.« Sie will sich an ihnen vorbeidrängen, doch Leandro hält sie am Arm fest.

»Was tust du hier? Es ist gerade keine Messe!« Die Frau sieht ihm einen Augenblick in die Augen, Leandro merkt, wie ihre wütend zu glitzern anfangen und muss grinsen. Er mag es, wenn Frauen Temperament haben.

»Wer bist du, dass ich dir Rechenschaft ablege, was ich in der Kirche zu suchen haben?« Mit diesen Worten macht sie sich von Leandro frei und sieht ihn noch einmal von oben bis unten an. »Ihr solltet euch lieber überlegen, wie ihr euch in einem Haus Gottes verhaltet.« Sie sieht auf seine Waffe, die unter seinem Shirt hervorguckt, dreht sich weg und geht mit schnellen Schritten aus der Kirche.

»Wow, Leandro, ganz deine Kragenweite oder?« Seine Cousins kennen seinen Geschmack und auch er muss lächeln. »Lasst uns morgen nach dem Padre sehen, er ruht sich bestimmt bis zur nächsten Messe aus.«

Es fällt ihnen sehr schwer aus Sierra herauszufahren, am liebsten würden sie hier bleiben, im Punto-Gebiet würde das auch gehen, doch sie müssen zu Avilio, wo die anderen warten. Es ist außerdem erst einmal besser, sich verdeckt zu halten. Es bringt ja etwas, sie haben schon einiges über die Familia Nuestra herausfinden können. Also fahren sie zurück, wo sie schon ungeduldig erwartet werden.

Als sie den Männern der Surenas und der Puntos erzählen, wie die Gebiete mittlerweile aussehen, können die es nicht glauben. Das Punto-Gebiet ist gar nicht das schlimme, lieber ist alles leer und verwüstet, als dass sich welche in ihren Häusern breitmachen und sich benehmen, als wäre alles ihres.

Sie erzählen auch, was sie schon von den Mara Nuestras wissen. Leandro beginnt laut zu grübeln. »Wieso verlässt diese Familie Mexico? Wir geben alles dafür, um in unsere Heimat zurückzukommen und sie leben hier, als wäre nichts. Man muss doch herausfinden können, was genau da passiert ist, woher sie kommen.«

Avalio zuckt die Schultern. »Im Internet findet man nichts, aber das ist normal, es wird sicher keine genaue Beschreibung über die Familia dort stehen, sie scheinen auch nicht groß genug zu sein, um zu den mächtigsten Familias zu zählen.«

Kasim stellt sein Glas, aus dem er gerade getrunken hat, zurück auf den Tisch. »Ein paar Städte weiter gibt es doch dieses große mexikanische Restaurant, was Jennifer so gemocht hat. Wir waren da ein paar Mal essen und ich weiß, dass sich dein Vater mit dem Besitzer ab und zu über die Familias in Mexico unterhalten hat, vielleicht weiß er mehr über die Mara Nuestra.«

Es ist schnell beschlossene Sache. Am nächsten Tag machen sie sich auf den Weg zu dem Restaurant, wo sie hoffen einige Antworten zu bekommen. Sie fahren alle zusammen und es ist wie in alten Zeiten, als sie zu so vielen das Restaurant betreten, wenn auch in neuer Besetzung.

Sie bestellen etwas zu essen und fragen nach dem Inhaber, der auch schon kurze Zeit später zu ihnen kommt und sich setzt. Er erinnert sich an Leandros Vater. Und als sie ihn ohne viel drum herumzureden direkt auf die Mara Nuestra ansprechen, erzählt er ihnen bereitwillig alles, was er über die Familia weiß.

Er erwähnt, dass all das nur geredet wird, wie viel davon wahr ist, weiß er nicht. In Mexiko gibt es, ähnlich wie hier in Puerto Rico, eine große Familia, die das Sagen dort hat und einige kleine Familias.

Die Mara Nuestra war immer eine der kleinen Familias und auch nicht sehr gefürchtet. Der Anführer Gallardo soll aber bekannt dafür gewesen sein, ein sehr gerissener Mann zu sein und immer wieder an die Anführer der großen Familia herangetreten sein, um sie zu Geschäften zu überreden.

Bei einem dieser Treffen soll er auf die Frau von einem der Anführer gestoßen sein und von da an hat er alles gegeben, um das Herz dieser Frau für sich zu gewinnen. Es war ihm egal, dass sie bereits einen Mann hatte.

Die Frau war erst kurz mit dem Anführer verheiratet und nur wegen dem Geld und dem Ruhm mit ihm zusammen, doch sie wusste auch, dass er viele andere Frauen nebenbei hatte. Gallardo soll sie getäuscht haben mit Reichtum, den er nie besaß, und mit all diesen Versprechen hat er sie eines Tages dazu bekommen zu ihm zu flüchten.

Gallardo selbst soll schon länger eine Frau gehabt haben, die von der neuen Frau bei ihrer Ankunft einfach vor die Tür gesetzt wurde. Er hat alles aufgegeben wegen dieser neuen Frau. Seine Liebe zu ihr soll fanatisch sein.

Natürlich hat der Anführer der großen Familia das mitbekommen und die beiden verfolgt und auch die Frau hat schnell gemerkt, dass Gallardo sie mit seinem Besitz und Reichtum nur hereingelegt hat. Aber zu dem Zeitpunkt war sie bereits schwanger.

Man sagt, sie hat noch einmal versucht zu ihrem Mann zurückzukehren, doch er hat sie vor die Tür gesetzt, die Schande, dass sie zu einem kleinen Nichtsnutz geflohen ist, war viel zu groß. Er hat den beiden fünf Tage Zeit gegeben, Mexiko für immer zu verlassen, danach würde er beide töten, wenn er sie noch einmal in Mexiko sieht.

Gallardo ist und war ein Angsthase, hat sich seine Männer genommen und ist abgehauen. Erst nach Chile, dann nach Puerto Rico. Die Frau, für die er das alles getan hat, war immer unzufrieden mit der Entscheidung, die sie getroffen hat und hat das ihren neuen Mann auch spüren lassen.

Er hat sie immer wieder geschwängert, um sie bei sich zu halten, sie soll mehrere Kinder verloren haben. Die Leute sagen, sie sind wegen ihrer ganzen Sünden verflucht. Sie haben sich nirgends lange niedergelassen und mit den kleinen Geschäften, die die Familia hier und da gemacht hat, konnten sie sich gerade so über Wasser halten.

»Erst jetzt haben sie das Leben, was sie immer wollten, bei euch in Sierra.« Leandro beginnt zu lachen und schüttelt den Kopf. »Er ist ein kleiner Möchtegern-Gangster und beherrscht eine ganze Stadt! Unsere Stadt! Wenn er schon Angst vor der Familia in Mexiko hatte, wird er sich wundern was passiert, wenn er auf die Trez Surentos trifft!«

Kapitel 11

Am nächsten Tag stehen alle erst am späten Vormittag auf, sie haben noch lange beim Mexikaner zusammengesessen und auch etwas zu viel getrunken, sodass sich jetzt Sanchez Ricos Käppi schnappt und es zum Schutz vor der heißen Sonne tief in sein Gesicht zieht. »Lasst uns nach dem Frühstück zu Gallardo fahren und sie rausschmeißen, es ist eine Schande, dass solche Feiglinge in unseren Häusern sind.«

Kasim hat auch noch keine gute Laune und Sami sieht ihn mahnend an. »Wir sollten nicht übermütig werden, natürlich können wir sie sofort ohne Probleme vertreiben und uns rächen für die Respektlosigkeit, aber sie sind trotzdem in der Überzahl, wenn auch nicht zu sehr. Ich werde keiner eurer Mütter erklären, warum ihr Sohn verletzt oder sogar tot ist, weil wir ohne nachzudenken handeln. Wir sind erst ein paar Tage hier, wir brauchen jetzt nichts überstürzen. Lasst uns heute sehen, wie die Häuser bewacht werden und es generell mit der Sicherheit bei den Mara Nuestra aussieht. Sie werden uns noch früh genug kennenlernen.«

Leandro bekommt eine SMS, dass er zuhause anrufen soll. Er hofft, sie haben in New York noch nicht mitbekommen, dass sie nicht in Mexico sind, sondern hier in Puerto Rico Probleme mit den Mexikanern haben. Seine Mutter geht schon nach dem ersten Klingeln ran und Leandro bereitet sich innerlich auf den Ärger vor, den er sicherlich gleich bekommt, doch es ist noch schlimmer.

Seine Mutter weint.

Sie erzählt ihm aufgeregt, dass sie einen Brief erhalten haben von den Männern. Sie haben den Brief an das Postamt in dem Bezirk geschickt, wo sie in New York leben und nur die Namen dazu, da sie die genaue Adresse nicht kennen und sicherlich auch nicht verraten wollen würden, wenn sie sie wüssten.. Die Post war so freundlich und hat das überprüft und ihnen zugeschickt.

Leandro kratzt sich die Stirn, dieser Arzt scheint wirklich eine große Hilfe zu sein. Seine Mutter ist ganz aufgeregt, sie erzählt, sein Vater schreibt, dass es allen gut geht, er will nicht, dass die Frauen sich Sorgen machen. Er schreibt auch, dass Leandro und die Jungs vorsichtig sein sollen. Leandro spannt sich an. »Was meint dein Vater damit, Leandro?«

Denkt sein Vater etwa, dass sie die Mütter in ihre Pläne eingeweiht haben? Er kennt sie doch. »Nichts Mama, wahrscheinlich, weil er nicht will, dass wir in der Schule Scheiße bauen oder so etwas.« Bella ist kurz ruhig. »Ist bei euch alles in Ordnung?« Leandro versucht unauffällig zu lachen. »Klar, wir wollten gerade los zum Strand, Sanchez hat sich da mit ein paar Frauen verabredet!«

Sein Cousin wirft ein Brot nach ihm und Leandro weicht aus. »Okay Schatz, passt bitte wirklich auf euch auf und meldet euch mehr!« Leandro verspricht es und legt schnell auf. »Wir müssen diesen Arzt erreichen!« Nesto nickt. »Wir kennen den Ort, wo das Gefängnis in Kolumbien stehen muss. Das schränkt die Suche ein, so viele Ärzte wird es da im Ort sicherlich nicht geben.« Sami steht auf. »Dann lasst uns, bevor wir die Sicherheit der Nuestras überprüfen, noch einmal zur Uni. Ich hab eine Idee!«

Ihr erstes Ziel in Sierra ist somit die Uni, sie wollen immer noch nicht erkannt werden, doch ganz so vorsichtig sind sie heute nicht mehr. Es laufen gerade Vorlesungen, als sie das Gebäude betreten, die Flure sind dementsprechend leer, hin und wieder begegnen ihnen welche, doch sie achten nicht weiter darauf und somit bemerkt sie auch niemand. Nur Sami war, bevor sie Sierra verlassen haben, bereits hier auf der Uni und führt sie zu einem Hörsaal. Er klopft und als ein leises 'Herein' ertönt, treten sie in den großen Saal.

Sie haben Glück, der Professor, zu dem Sami will, bereitet gerade die nächste Stunde vor, es ist kein Student anwesend. Er erkennt Sami und fragt was passiert ist, dass er so plötzlich verschwunden war. Sami erklärt in kurzen Worten, dass es Zwischenfälle in der Familie gegeben hat. Einige Professoren kommen aus anderen

Städten nach Sierra, nicht jeder weiß über die Familias so genau Bescheid.

Sami fragt den Professor, ob er noch immer die Ärztekongresse veranstaltet und als er dies bejaht, hakt er gleich nach, ob es ihm möglich ist, die Namen der Ärzte herauszufinden, die an dem Ort in Kolumbien arbeiten und auch in der näheren Umgebung. Der Professor nickt und sagt, dies sei kein Problem, da ihm dementsprechende Listen vorliegen. Sami reicht ihm einige Geldscheine über den Tisch und erwähnt, wie wichtig das ist. Der Professor steckt das Geld ein und sagt, dass er morgen alles zusammen hat.

Leandro liebt diese unkomplizierte Art in Puerto Rico.

Als sie aus der Uni gehen, stolpern sie fast in drei junge Frauen hinein. Eine von ihnen ist die Frau aus der Kirche. Leandro muss sofort wieder grinsen, als er ihren genervten Blick sieht. »Heute nicht so gläubig?«

Die anderen beiden Frauen lächeln ihn und seine Cousins interessiert an. »Willst du uns nicht deine Freunde vorstellen, Dania?« Dania heißt die Schönheit also. »Sie sind keine Freunde, sie sind irgendwelche Idioten, die nicht wissen, wie man sich in einer Kirche zu benehmen hat!« Sami lacht laut los, er weiß, sie ist genau Leandros Typ und normalerweise reagieren alle Frauen positiv auf ihn.

»Was hast du eigentlich für ein Problem, hast du deine Tage?« Leandro ist wütend und etwas Besseres zum Kontern ist ihm nicht eingefallen. Dania bleibt stehen und sieht ihn verdutzt an. »Ist das gerade dein Ernst? Was für ein Scheiß-Machospruch!« Sanchez kann sich das Lachen auch nicht mehr verkneifen und legt den Arm um ihn. »Lass uns gehen!« Als sie an ihren Autos ankommen, lachen alle los, nur Leandro steigt wütend ein. »Zicke!«

Sie fahren zum Surena-Gebiet und dieses Mal näher an ihr altes Anwesen heran. Ihnen kommen hier und da Autos entgegen, auch welche in denen mexikanische Männer sitzen, die offensichtlich zu den Mara Nuestras gehören, doch niemand achtet auf sie. Sie halten sogar kurz vor dem Grundstück, niemand ist in der Einfahrt, niemand ist vor dem Haus zu sehen. Die Mara Nuestra fühlen sich hier offenbar genauso sicher wie die Surenas es immer getan haben, nur die waren es auch.

Als nächstes fahren sie zu dem Haus, was neu gebaut wurde, Gallardo hat sogar eine extra Straße den Berg hinauf bauen lassen. Leandro fragt sich, wie viel Geld er von dem, was den Familias zusteht, eingesackt hat, um das alles bezahlen zu können, wenn er doch vorher kaum Geld hatte.

Je näher sie kommen, desto mehr bemerken sie, was für ein krankes Reich sich der Mann hier schaffen will. An den Seiten stehen Sträucher, von denen einige schon zu Buchstaben geschnitten sind. Auch wenn es noch nicht fertig ist, erkennt man, dass es einmal Mara Nuestra sein wird, was einem auf dem Weg zum Haus entgegenschlägt.

Sie sehen einige Arbeiter, die an dem Haus und dem Weg arbeiten, aber niemanden, der zu der Familia zu gehören scheint. Sie fahren noch näher an das Haus, zwei Autos stehen da. Leandro erkennt sein Auto, welches er von seinem Vater bekommen hat. Er will aussteigen, doch Sami hält ihn zurück. »Einen klaren Kopf behalten!«

Es gibt hier keine Sicherheitsvorkehrungen, keine Männer, nichts. Wenn sie wollten, könnten sie jetzt einfach in das Haus spazieren.

Plötzlich hören sie Schüsse und fahren in die Richtung, aus der sie kommen. Drei kleine Jungs stehen da herum, alle höchstens 13 Jahre. Einer von ihnen zielt auf herumlungernde Hunde, von denen es viele in Puerto Rico gibt. Als sie an die Jungs heranfahren, blicken sie zu ihnen und der Junge in der Mitte hält die Waffe auf sie.

Leandro steigt aus und geht auf die Jungs zu, ihn beeindruckt die auf ihn gerichtete Waffe nicht. Das merkt der Junge auch ziemlich schnell und wird unsicher. Mit einem kräftigen Ruck nimmt er ihm die Waffe aus der Hand. »Wieso hast du so eine Waffe, das ist kein

Spielzeug!« Der Junge baut sich frech auf und verschränkt die Arme.

»Was tut ihr hier? Das ist die Stadt von meinem Vater, ich kann machen, was ich will!« Leandro schüttelt den Kopf. »Dein Vater ist Gallardo?« Der Junge kneift die Augen zusammen, der hat nie Respekt vor Älteren beigebracht bekommen. »Ja ist er, hast du jetzt Angst?« Leandro muss lachen, unglaublich der Kleine, kein Wunder bei so einem Vater. »Wo ist dein Vater?«

Und wenn es jetzt schon so weit ist, ist es so, Leandro hat keine Lust mehr, sich von dieser mexikanischen Familie auf der Nase herumtanzen zu lassen. »Er ist mit seinen Männern Geld besorgen, ich bekomme dann ein Motorrad, er ist in zwei Tagen wieder da.« Leandro nimmt die Patronen aus der Waffe und gibt sie dem kleinen Jungen ungeladen zurück. Ohne ihn weiter zu beachten, setzt er sich wieder in das Auto, die anderen haben alles mit angehört.

»Perfekt, wenn eh nicht alle da sind, lasst uns gleich anfangen und die restlichen aus den Häusern schmeißen.« Rico sieht zu dem Haus doch Sami gibt Gas.

»Das würde Gallardo tun, wir warten, bis er wieder da ist, damit er mit eigenen Augen sieht, was wir mit Spinnern wie ihm tun!« Also fahren sie zu Avilio und den anderen zurück und sagen ihnen Bescheid, dass es in zwei Tagen so weit ist.

Leandro hat keine Geduld mehr, Pläne zu schmieden und abzuwarten, sobald Gallardo zurück ist, holen sie sich Sierra wieder.

Am nächsten Tag fahren sie noch einmal zur Uni, dieses Mal tragen sie keine Käppis mehr, sie haben nicht mehr vor sich zu verstecken und werden auf der Uni von allen Seiten angesprochen, wo sie waren und wo die Väter sind. Leandro gehen die Fragen auf die Nerven, also gehen sie schnell zu dem Raum, wo sie den Professor treffen wollen. Als sie eintreten, bemerkt Leandro Dania etwas weiter weg an einem Schließfach ihre Bücher verstauen. »Ich komme gleich!« Sanchez sieht ebenfalls zu ihr und verdreht die Augen. »Sie mag dich nicht!«

Leandro ignoriert seinen Cousin und geht zu der sturen Frau. Genau als sie ihren Spind zuschlägt, entdeckt sie ihn. »Sag bloß, du gehst jetzt hier auch zur Uni? Dann melde ich mich freiwillig wieder ab!« Leandro muss lächeln.

»Nein, ich bin nicht auf der Uni, keine Zeit dafür, ich wollte mich für gestern und den Spruch entschuldigen, aber wieso reagierst du so gereizt auf uns?«

Sie will weitergehen, doch so schnell lässt er sie nicht davonkommen und hält sie wieder am Arm fest. In dem Moment kommen zwei andere Frauen vorbei und lächeln ihn an. »Hallo Leandro, schön dich mal wieder zu sehen. Seid ihr wieder da?«

Er will die Antwort von Dania und würgt die anderen mit einem schnellen 'Hallo und ja sind wir wieder' ab. Dania sieht den Frauen hinterher und dann auf ihren Arm. »Du hältst mich jedes Mal fest, LEANDRO!« Sie befreit ihren Arm. »Dann renn doch nicht immer weg!«

Dania bleibt stehen und sieht ihm in die Augen. »Was willst du eigentlich von mir?« Leandro zieht die Augenbrauen zusammen, so richtig weiß er das auch nicht. »Wieso bist du so gereizt uns gegenüber oder haben alle das Vergnügen?«

Dania zuckt die Schultern. »Ich mag Typen wie euch einfach nicht. Ich habe sofort gemerkt, wie ihr seid, ihr tretet auf, als ob euch die Welt gehören würde und jeder auf euch zu hören hat. Muss ich euch mögen? Steht das irgendwo geschrieben? Wenn nein, dann lass mich jetzt in den Unterricht gehen!«

Leandro lässt sie gehen. »Wir sind nicht so, du kennst uns nicht und urteilst zu schnell, aber mach, was du denkst!« Wieso sollte er so einer Zicke noch etwas beweisen wollen. Er erwischt sich selber, wie er ihr hinterher starrt. Auch wenn sie einen langen Rock trägt und nur ein einfaches Shirt dazu, bemerkt man ihre gute

Figur, ihre schwarzen Locken glänzen, die längsten Spitzen berühren leicht ihren Hintern.

Leandro dreht sich weg, es gibt tausende Frauen wie sie, und die sind nicht so zickig und kompliziert. Er hat kaum seine Gedanken ausgesprochen, da stehen die beiden Frauen von vorhin wieder bei ihm. »Wir wollten dich gerade nicht stören, aber was willst du denn mit der? Sie ist total prüde und extrem gläubig, mit der kann man keinen Spaß haben!« Er lächelt und legt den Arm um eine der Frauen. »Das habe ich gemerkt!«

Er kennt sie noch aus der Oberschule, auf einer Party hat er etwas mit ihr rumgemacht, doch es ist daraus nicht mehr geworden, das kann man ja jetzt ändern! Seine Cousins kommen aus dem Saal des Professors.

»Wir haben zehn Ärzte aus der Gegend, wir müssen nur noch herausfinden, welcher es ist.« Leandro überlegt, wo er kurz mit der Braunhaarigen, die sich an ihn schmiegt, alleine sein kann. »Lasst uns noch einmal kurz ins Cielo fahren, da haben wir noch nicht nach dem Rechten gesehen.« Sami redet mit der anderen Frau, die er von hier aus der Uni zu kennen scheint. »Macht mal euer Ding, ich hab Hunger, wir fahren schon mal zurück, ihr Säcke!« Sanchez ist sauer, weil er gerade niemanden zur Verfügung hat, doch Leandro ist es egal, er muss mal wieder etwas Dampf ablassen.

Also fahren Sami und er mit den beiden Frauen ins Cielo, die anderen schon einmal vor zu Avalio. Sie sollten sich nicht ablenken lassen und konzentriert bleiben, doch sie müssen jetzt eh abwarten. Es kann nicht schaden, sich mal einige Minuten zu entspannen.

Die Frauen wissen was sie vorhaben, hier ist es nicht so kompliziert wie in New York, hätten sie keine Lust drauf gehabt, hätten sie vorgeschlagen etwas essen zu gehen, doch so wie die Braunhaarige an deren Namen sich Leandro nicht mal mehr erinnert, im Auto an seinem Hals knabbert, weiß er, dass sie es genauso will.

Das Cielo ist wie Juans Haus gänzlich verschont geblieben, das ist vielleicht auch der Grund, warum im Punto-Haus so viel angerichtet wurde, weil keiner wusste, welche anderen Häuser zu den Puntos gehören. Die Frauen wollen nachfragen, was genau passiert ist, doch sie merken schnell, dass dies kein gutes Thema ist.

Leandro zieht sich mit seiner in ein Zimmer zurück, er sieht im Schubfach einer Kommode nach, auf Miguels Kondomsammlung ist jedoch immer Verlass. Als er sich das Shirt auszieht und aufs Bett legt, deutet er der Frau an, zu ihm zu kommen.

Sie lächelt verschmilzt, als sie sich auf seinen Schoß setzt. »Du warst schon immer einer der Hübschesten, ich liebe deinen Körper.« Sie zieht die feinen Linien seiner Muskeln nach und bleibt bei seinem Muttermal an der Brustwarze stehen. »Wie niedlich!«

Leandro hasst dieses Muttermal, was seine Mutter immer verzückt 'mein Baby' verkünden lässt. Er umfasst ihre Hüften, um die Kontrolle zu übernehmen doch die Frau möchte scheinbar die Kontrolle nicht abgeben und schüttelt verführerisch ihre langen Haare, bevor sie seinen Bauch mit Küssen bedeckt und sich zielsicher nach unten arbeitet. Er mag Frauen, die wissen, was sie wollen.

Sie öffnet seine Hose und seufzt zufrieden auf, als sie bemerkt, wie bereit er für sie ist. Als sie ihn in den Mund nimmt, krallt er sich in ihren Haaren fest, die Frau weiß genau, was sie will. Für einen Moment kommt ihm Dania in seine Gedanken, ihre wütenden Augen und ihr abwertender Blick. Manche Frauen übertreiben es allerdings auch.

Er verwirft schnell die Gedanken an sie und widmet sich der Frau, die jetzt wieder zu ihm hochkommt. Während er ihre Brüste liebkost und schnell ihren Rock hochschiebt, nimmt sie ihn tief in sich auf. Ihr Stöhnen verspricht ihm, dass es noch lange nicht vorbei ist.

»Das ist so sexy.« Leandro streckt sich im Bett neben der Dunkelhaarigen, es hat gut getan, das war genau das, was er jetzt gebraucht hat. Sie liegt neben ihm und hat seine Waffe in der Hand. Frauen lieben Männer mit Waffen, das war schon immer so und wird auch immer so sein. Er will ihr die Pistole gerade aus der Hand nehmen, als sich ein Schuss löst und die Decke über ihnen durchbohrt. »Uups!«

Keine zwei Sekunden später stürmt Sami ins Zimmer, seine Boxershorts über das Wichtigste haltend, mit seiner Waffe in der Hand und völlig außer Atem sieht er sie an. Leandro lacht laut los und die Frau entschuldigt sich schnell bei Sami, doch muss über seinen Anblick schmunzeln.

»Seid ihr fertig?« Sami wird wütend. »Lasst den Quatsch, nein noch nicht!« Die Frau ist immer noch nackt und steht schnell auf. »Ich finde sicher einen Weg mich zu entschuldigen.« Sie sieht Leandro fragend an. »Kommst du mit?« Leandro lacht immer noch und winkt ab. »Macht nur, aber beeilt euch, wir müssen gleich los!« Sami zuckt zufrieden die Augenbrauen, als er ihr ins andere Zimmer folgt. Leandro ist fertig mit ihr, soll sein Cousin sich etwas austoben.

Er zieht sich an und geht in den Garten des Cielos. Während er sich setzt, zündet er sich eine Zigarette an, er raucht nicht wirklich, ab und zu eine zum Entspannen, doch jetzt muss es sein.

Leandro sitzt eine ganze Weile einfach nur da, es ist beängstigend ruhig hier. Seit er klein ist, kennt er besonders das Punto-Gebiet immer laut, immer war jemand da, immer einer um einen herum. Sie fehlen ihm, alle, er ist es gewohnt, seine Familie, die Onkel, alle, immer um sich herum zu haben. Nun alles so verlassen zu sehen, trifft ihn sehr, es ist ein Anblick, an den er sich nie gewöhnen wird, oder ihn akzeptieren kann.

Sie setzen die Frauen am Einkaufszentrum ab und fahren zu Avilio, dort werden sie von ihren Cousins schon erwartet. Leandro setzt sich zu Kasim, der die Ärzte versucht zu erreichen. Es ist nicht leicht, den Richtigen zu finden. Sie fragen jeden, ob er

Gefangene in einem Gefängnis betreut, die meisten legen einfach wieder auf. Wahrscheinlich halten sie es für einen Scherz. »So kommen wir nicht weiter.«

Nach fünf fehlgeschlagenen Anrufen will Kasim bereits aufgeben, doch Leandro ruft auch noch die anderen Nummern an, die seine Cousins vorher über das Internet anhand der Namen, die sie auf der Liste haben, herausgefunden haben. Beim Achten fragt er die Sprechstundenhilfe, ob der Arzt gerade Gefangene betreut und wird zu dem Arzt durchgestellt.

Herr Mendez meldet sich am Apparat und Leandro wiederholt seine Frage. Schon als der Arzt nicht direkt nein sagt oder auflegt, sondern nur fragt, wer das wissen will, weiß er, dass er den Richtigen am Apparat hat.

Leandro sagt, dass er der Sohn einer der Gefangenen ist und der Arzt beginnt zu erklären, dass es ihm selber leidtut, was da passiert, dass es allen aber gut geht und er nicht mehr machen kann, da er selber Angst um seine Familie hat. Leandro fällt ein Stein vom Herzen, das erste Mal haben sie wenigstens Kontakt zu jemandem, der direkten Zugang zu ihren Vätern und Onkels hat.

Er bemerkt die Bedenken des Arztes und kann sie auch nachvollziehen. Dieser Garcias wird ihm bestimmt ordentlich gedroht haben. Leandro will es erst einmal vorsichtig versuchen. Er sagt, dass er seine Situation versteht, dass sie aber außer ihm keine Möglichkeit haben, zu den Männern Kontakt zu bekommen.

Er bittet den Arzt ihnen auszurichten, dass sie in Sierra sind und alles gut aussieht. Außerdem sollen sie ihren Mütter davon nichts sagen und dass sie sich um alles kümmern.

Leandro gibt ihm seine Handynummer und bittet ihn sich zu melden, wenn es möglich ist. Der Arzt ist sehr eingeschüchtert, doch er sagt, dass er sehen wird, was er tun kann. Als sie das Gespräch beenden, kann Leandro nur hoffen, dass sein Mitgefühl über seine Angst siegt.

Am nächsten Tag kreisen seine Gedanken nur darum, ob der Arzt es machen wird, er fragt sich, was sein Vater und seine Onkels darüber denken, ob sie genug Vertrauen in ihre Söhne haben? Sie bleiben in dem Haus von Avilio, besprechen den Plan, wie sie vorgehen werden, wenn Gallardo wieder da ist.

Siebzehn Mann sitzen herum und warten darauf, zuschlagen zu können. Sie haben so eine Wut, so einen Drang danach, endlich etwas zu tun, dass es sich mit jeder Stunde steigert.

Um die Zeit voranzutreiben, spielen sie Karten, als plötzlich ein Auto hält und die Frau von Avilio, die ein paar Besorgungen machen wollte, blass zu ihnen kommt. »Die Männer von der Mara Nuestra ... Ich war noch kurz beim Gottesdienst ... Der Padre, sie haben ..« Sie kann kaum sprechen vor Schock.

Avilio beruhigt seine Frau, alle springen auf, es muss etwas Schlimmes passiert sein, so aufgebracht wie sie ist. Als sie sitzt, beginnt sie zu weinen und kann sich besser ausdrücken. »Ich war im Gottesdienst, der Padre hat gerade ein Baby getauft, das von der Tochter der Bäckerin Maria, auf einmal ging alles ganz schnell. Fünf Männer kamen herein und der Mann, der für sie aus Mexiko den Gottesdienst macht.

Sie haben dem Padre das Baby aus dem Arm genommen, der Mutter gegeben und dem Padre gesagt, er soll verschwinden, dass dies nun nicht mehr seine Kirche sei. Einige Männer, die im Gottesdienst waren, wollten etwas unternehmen, da haben sie einen von ihnen angeschossen, ich habe gar nicht genau gesehen, wer es war, wir haben uns versteckt, den Padre haben sie geschlagen.

Stellt euch vor, einen Mann Gottes, sie haben ihn blutend in sein Haus gebracht, alle haben geweint und geschrien, wir wollten raus, doch sie haben uns mit den Waffen bedroht sitzen zu bleiben. Nur einige Männer sollten den Verletzten herausbringen, ich habe die Gelegenheit genutzt und bin schnell rausgerannt.

Keiner weiß, was mit dem Padre ist, es ist ... Diese Menschen sind Teufel!« Man kann ihre Panik und ihre Angst noch in ihren Augen sehen, auch die Abscheu vor den Mara Nuestra.

Sie kommt gar nicht dazu weiterzureden, alle Pläne, alles Klare, was sie im Kopf behalten wollten, ist weg. Sie nehmen ihre Waffen und verteilen sich auf die Autos und dieses Mal rasen sie alle zusammen in Richtung Sierra.

Kapitel 12

Sie besprechen sich nicht mehr, sie handeln nur noch.

Sobald sie schlitternd vor der Kirche halten, nehmen sie alle ihre Waffen in die Hand und betreten das Gebäude. Die Blicke der Leute fallen auf sie, der Mann, der gerade den Gottesdienst hält, stockt und hebt die Hände.

Es sitzen noch viele aus Sierra da, denen man den Schock des gerade Erlebten ansieht Als sie sie jetzt entdecken, breitet sich Erleichterung in ihren Gesichtern aus. Es sind aber auch ein paar Männer da, die zu den Mara Nuestras gehören und die springen sofort auf. »Was sucht ihr hier? Verschwindet aus unserer Stadt!« Sie wollen ebenfalls ihre Waffen ziehen.

Leandro hat keine Geduld mehr. Seit anderthalb Jahren wartet er auf diesen Augenblick, seine Wut, die er in sich trägt, seit dem Tag, an dem sie erfahren haben, dass ihre Väter nicht wiederkommen, bricht aus. Es ist befreiend, endlich etwas tun zu können.

Alle wollen etwas machen, doch er ist der Schnellste. Dem Mann, der ihm am nächsten ist, schießt er gezielt in sein Bein. Er schreit schmerzhaft auf, Leandro packt ihn und schlägt seinen Kopf gegen eine Bank. »Wer wir sind, du Bastard? Das hier ist unsere Stadt und wenn ich noch von einem von euch höre, es wäre nicht so, bereut ihr den Tag, als ihr Sierra betreten habt! Wo ist der Padre?«

Es fällt noch ein Schuss, offensichtlich haben die Nuestra Männer nicht kapiert, wie ernst es ihnen ist. Sami hat sich um einen Mann gekümmert, der Leandro im Visier hatte. Die Leute kreischen entsetzt auf. »Dale, verschwindet von hier, bevor ihr etwas abbekommt. Wir kümmern uns um den Padre und ab sofort sind die Familias wieder da.«

Sanchez beruhigt die Einwohner aus Sierra etwas, die dann auch schnell aus der Kirche verschwinden. Zurück bleiben sieben Männer der Nuestras und der Mann, der vorhatte die Kirche zu führen. Damian geht zu ihm nach vorn. »Pack deine Sachen und verschwinde zurück nach Mexiko! Deine Freunde schicken wir dir nach, wenn wir mit ihnen fertig sind und noch etwas von ihnen übrig ist.«

Leandro kann gar nicht so schnell hinsehen, wie der Mann weg ist. Einer der Männer hebt die Hände, da sieht Leandro, dass es einer von ihnen ist, er war früher ein Mitglied der Surenas. »Ich wusste, dass ihr eines Tages zurückkommen werdet.«

Sanchez lacht bitter auf und geht zu dem Mann. Die Mara Nuestra hat sich in ihrer Stadt breitgemacht, es sich auf der Arbeit ihrer Väter gemütlich gemacht und deren Respekt, den sie überall haben und ihr Geld, zu ihrem Vorteil genutzt.

Noch schlimmer allerdings sind die Männer, die wie die größten Verräter einfach zu ihnen gewechselt sind. Sie haben nichts davon verstanden, was eine Familia bedeutet und die Loyalität, die sie geschworen haben, hatte keinen Wert. Männer wie Avilio und die anderen neun, die bei ihnen sind, sie haben einen Wert.

Sanchez geht zu dem Mann, Leandro würde es selber gerne übernehmen, doch er lässt seinen Cousin machen. »Gib deine Hand, du Verräter!« Leandro hält die anderen Männer in Schach, doch keiner von denen zeigt Anstalten einzugreifen, als Sanchez dem Mann unter seinem lauten Geschrei die Surena-Plaka aus der Hand schneidet.

»Ich sollte dich töten für diesen Verrat, doch es ist schlimmer, wenn du mit dieser Schande für den Rest deines Lebens leben musst! Verschwinde und lass dich nie wieder in Sierra blicken!« Der Mann rennt blutend aus der Kirche und Sami bekreuzigt sich. Es ist nicht gut, dass sich so etwas auf heiligem Boden abspielt, doch sie hatten keine Wahl.

»Wo ist der Padre?« Kasim wird ungeduldig. Die Männer sind fertig mit den Nerven. Als sie sich vorhin hier so aufgeführt und den alten Mann geschlagen haben, hätten sie sich das sicherlich niemals vorgestellt. »Wir haben ihn in sein Haus gebracht«, bringt einer leise hervor. Rico läuft schnell in die Richtung und Leandro lässt den Mann los, dem er ins Bein geschossen hat.

Sie nehmen ihnen allen ihre Waffen weg. »Wisst ihr, eure tolle Familia würde euch jetzt töten und danach schnell die anderen angreifen und wisst ihr auch wieso? Weil ihr einfach nur kleine erbärmliche Schisser seid. Wisst ihr nicht, wer wir sind? Soll ich euch es zeigen? Geht, geht und warnt eure Leute, dass wir kommen werden und euch mit so einem Arschtritt aus unserer Stadt vertreiben, dass ihr nie wieder den Weg hierher findet! Das sind wir, die Trez Surentos, merkt euch das, rennt zu euren Leuten, warnt sie vor, es wird euch nichts bringen!«

Die Männer verschwinden aus der Kirche, ohne ein weiteres Wort zu verlieren. Der von Leandro angeschossene Mann muss gestützt werden, er ist sich sicher, dass sie sich das nicht bieten lassen werden, solche Feiglinge können sie auch nicht sein. Sollen sie zu ihren Leuten rennen und sie warnen.

Sie gehen Rico hinterher ins Haus des Padre. Er kniet schon vor einem Stuhl, auf dem der Padre sitzt, eine Frau aus der Stadt wischt ihm das Blut vom Gesicht und Rico sieht sich eine Wunde am Bein an.

»Alles in Ordnung, Padre? Die werden nicht so schnell wiederkommen!« Der alte Mann nickt nur schwach, dieser Angriff muss ihn schwer getroffen haben. Die Frau sagt, dass sie schon eine Ärztin angerufen hat und diese gleich kommen muss.

»Padre, bleiben sie trotzdem erst einmal im Haus, solange bis wir ihnen sicher sagen, dass alles vorbei ist.« Leandro holt ein Bündel Geldscheine aus der Tasche. »Die Kirche wird wieder die alte werden, wir müssen nur dafür sorgen, dass es hier in Sierra wieder richtig läuft. Sagen sie die nächsten Gottesdienste erst einmal ab, das ist für alle sicherer!«

Der alte Mann nickt nur leicht und versucht zu lächeln, was ihm sichtlich weh zu tun scheint. Diese Penner, sie waren viel zu gnädig zu ihnen. Als sie gehen wollen, kommt die Frau noch einmal zu ihnen. »Gott möge euch und eure Familien schützen, ihr wisst gar nicht wie froh wir sind, dass ihr wieder hier seid.« Leandro lächelt. »Wir auch!«

Sie fahren danach direkt zum Surena-Anwesen. Als sie aussteigen, sehen sie sich um. »Sie wissen, dass wir kommen, also seid vorsichtig!« Sami blickt alle an, Leandro verschafft sich einen Überblick über das Gelände, doch er entdeckt niemanden. Als sie auf dem Parkplatz sind, geht die Tür zum Haus von Leandro und seiner Familie auf, und ein Mann tritt heraus und hebt seine Hände.

»Ganz ruhig, wir wollen reden!«

Leandro traut dem Ganzen nicht, doch sie lassen den Mann näher kommen. Er scheint mit der Situation etwas überfordert. »Hört mal, keiner von uns wusste, dass ihr zurückkommt. Ich habe schon viel von euren Familias gehört und hätte mich niemals mit ihnen angelegt, doch als wir hergekommen sind, wart ihr verschwunden und es sah nicht so aus, als würdet ihr zurückkommen. Natürlich ist das jetzt beschissen, aber wir sind jetzt nun mal auch hier und ich denke, man findet einen Weg sich zu einigen, die Mara Nuestra hat auch einen Namen und man könnte sich ja zusammen ...«

Leandro geht an dem Mann vorbei, wobei er ihn zur Seite schubst. »Die Surentos werden niemals mit euch ins Geschäft kommen, ihr könnt froh sein, wenn wir euch verschonen und das kommt auf euer Verhalten an. Ihr habt einen Namen? Geht zurück nach Mexiko, mal sehen, was euch euer Name dort bringt!«

Er achtet nicht auf die anderen, doch er ist sich sicher, dass sie ihm folgen, als er in das Haus geht. Zwei Männer warten an der Tür, Leandro hebt die Waffe, doch der Mann, der auch mit reinkommt, deutet allen ruhig zu bleiben.

Es schnürt Leandro die Kehle ab, als er sieht, was in seinem Haus passiert ist. Zwar ist es nicht zerstört wie das Punto-Haus, doch es ist trotzdem nicht wiederzuerkennen. Die Bilder an den Wänden von den Les Surenas oder seines Vaters und seiner Mutter sind weg, stattdessen hängen überall Mexiko-Fahnen und Bilder von den Todesmasken, die so beliebt sind in Mexiko.

Es ist verlebt und dreckig, kein Möbelstück sieht aus wie zum Zeitpunkt, als er das Haus verlassen hat, auch wenn noch alle da sind. Hier unten befinden sich mit den Zweien an der Tür insgesamt fünf Männer, aber alle halten Abstand zu ihm.

Er sieht in den Garten und wendet den Blick gleich wieder ab, seine Mutter wird ausflippen, wenn sie das Haus sieht. Ohne auf die Männer zu achten geht er in den ersten Stock, Sami begleitet ihn.

Er geht in alle Zimmer und findet überall nur Chaos vor. Zudem haben sie viele Fernseher, Anlagen und Geräte weggeschafft, sicher um sie zu verkaufen, kein Wunder, dass sie so viel Geld zur Verfügung haben.

Im Schlafzimmer seiner Eltern findet er eine nackte Frau in dem Bett vor, es hatte einer der Männer offensichtlich gerade seinen Spaß gehabt. Leandro wirft ihr Klamotten hin. »Zieh dich an und verschwinde!« Im oberen Geschoss finden sie keinen mehr, also gehen sie wieder nach unten.

»Mitkommen!« Die sechs Männer folgen ihnen auch wirklich in Damians Haus, wo sie das gleiche erwartet, hier befinden sich vier weitere Männer, die sich aber genauso ruhig verhalten. Allerdings gibt es hier keinerlei Wertgegenstände mehr, sie haben alles verkauft. Damian ist kurz davor durchzudrehen, als er sein Haus erblickt, doch Sami deutet ihm an ruhig zu bleiben.

Sie halten den Mara Nuestra zugute, dass sie nicht wussten, dass sie wiederkommen würden und dass sie sich jetzt so ruhig verhalten, doch fertig sind sie mit ihnen noch nicht. Sie müssen sich erst einmal einen gesamten Überblick verschaffen.

Bei Sami finden sie noch vier weitere Männer, den angeschossenen Mann und zwei aus ihrer Familia. Einen der Trez Puntos, einen der Surenas. Samis Haus ist ganz ausgeräumt, es gibt kein Möbelstück mehr darin, dafür finden sie tonnenweise von den Waren, die ihre Väter bestellt hatten und auch einiges, was neu dazu gekommen ist.

Als sie Samis Haus verlassen, kochen sie alle vor Wut, doch Sami hat recht, sie müssen daran denken, wie ihre Väter gearbeitet haben, ihre Wut jetzt an den kleinen Männern auszulassen, die sich auch noch stellen und nicht gegen sie kämpfen, ist nicht ihre Art.

Sanchez und Nesto treten vor, sie entfernen, genau wie bei dem anderen Mann, den beiden Verrätern die Plakas ihrer Familie und spucken vor ihnen auf den Boden. Keiner der Mara Nuestra Männer mischt sich ein.

»Verschwindet und lasst euch hier nie wieder blicken!«

Als die Männer schnell das Weite gesucht haben, blicken sie auf die 12 übrigen Männer. Wenn sie hier 15 Männer sind, mit denen, die sie schon verjagt haben, muss Gallardo mit einigen unterwegs sein.

»Mit wie vielen ist Gallardo unterwegs, wo ist er und wann ist er wieder da?« Wieder antwortet der Mann, der ihnen schon die ganze Zeit freundlich gegenübersteht, während die anderen nicht sicher sind, wie sie jetzt reagieren sollen.

»Sie sind zu einem großen Deal gefahren, es geht um die Ware, die wir dort gelagert haben, es kommt noch mehr Ende der Woche. Er ist zu Männern gefahren, die ihm das ganze Zeug abkaufen wollen, um die Details zu besprechen.

Er hat heute Morgen angerufen und gesagt, dass sie übermorgen wieder hier sind. Als die Männer aus der Kirche kamen, sind allerdings vier losgefahren, um ihm Bescheid zu geben, ich wollte sie aufhalten, doch sie waren zu schnell. Er ist mit ungefähr 20 Mann unten und denjenigen, die ihn warnen wollen«

Leandro nickt. »Die Ware ist noch da und es kommt neue. Eine kleine Anzahlung von dem, was ihr unseren Familien geklaut habt, habt ihr hier Geld oder Konten? Wir kriegen es eh raus, doch so ist es doch leichter, wenn ihr uns entgegenkommt!« Einer der Männer kommt auf Leandro zu. »Schön und gut, dass das hier euer Gebiet war, aber die Zeiten ändern ..« Weiter kommt er gar nicht, Sanchez hat ihn mit einem Schuss für immer zum Schweigen gebracht. »Hat noch einer von euch etwas dazu zu sagen? Wir verstehen keinen Spaß, wenn es um unsere Familias, unsere Stadt und alles was damit zusammenhängt, geht!«

Der Mann, der die ganze Zeit als Einziger mit ihnen redet, achtet gar nicht auf den am Boden liegenden Mann. »Es gibt Bargeld, hier wird einiges aufbewahrt, aber den größten Teil hat Gallardo in einem Tresor in seinem Haus, er hat kein Konto und auch niemand der anderen.«

»Wie viel ist hier?« Der Mann zuckt die Schultern. »Es müssten so um die Zehntausend sein, Gallardo füllt es regelmäßig auf und alle können sich daran bedienen.« Damian nimmt seine Waffe und zeigt zu einem der Männer. »Du, bring mich zum Geld!«

Während Damian mit dem Mann zurück in Sami's Haus geht, schnalzt Sanchez die Zunge. »Wir hätten allen Grund euch nacheinander umzulegen, alleine wie ihr euch in unserem Haus benommen habt ist Grund genug, euch allen zwei Kugeln zu verpassen. Doch wir arbeiten nicht so und wir sind auch keine Schisser wie ihr und eure Familia und machen euch kalt, um euch nicht noch ein zweites Mal zu begegnen.

Geht, verschwindet, schließt euch von mir aus den anderen an, kommt zurück und kämpft wie Männer, aber wenn ich einen von euch noch einmal hier in Sierra sehe, bedeutet das euren Tod, also überlegt euch, ob ihr wiederkommt.«

Damian kommt aus dem Haus und alle Männer gehen, sie nehmen auch den Mann mit, den Sanchez zum Schweigen gebracht hat. Als sie eines der Autos nehmen wollen, lacht Rico. »Denkt nicht einmal daran!« Nur der Mann, der die ganze Zeit mit ihnen geredet hat, bleibt stehen.

Leandro sieht dem Mann in die Augen, er sieht anders aus als die anderen Männer, die man alle ganz klar als Mexikaner erkennt. Er ist auf eine andere Art dunkel, trägt einen längeren Bart und auf eine merkwürdige Weise wirken seine Augen sanft. »Was willst du? Verstehst du nicht, du sollst verschwinden!«

Der Mann räuspert sich. »Ich war die zweite Hand von Gallardo, ich habe mich niemals an Kampfhandlungen beteiligt, sondern war nur für das Finanzelle und die Organisation zuständig, ich würde mich gerne anbieten, euch bei dem Tresor zu helfen, ich kann ihn öffnen und ihr werdet mich brauchen!«

Sami hat keine Geduld für so einen Quatsch. »Was hältst du davon, wenn du uns einfach die Zahlenkombi sagst und keine Kugel in den Kopf bekommst?«

Der Mann hebt die Hände. »Es ist keine Zahlenkombi, sie brauchen dafür die Fingerabdrücke von mir oder Gallardo.« Leandro wundert sich immer mehr über den Mann, wieso sagt er ihnen das. Er hätte es auch verschweigen können und sie hätten den Tresor nicht aufbekommen, irgendwann sicher, aber nicht so schnell, wie es so möglich ist.

Kasim lehnt sich gegen ein Auto. »Auch kein Problem, wir schneiden dir einfach die Hand ab.« Der Mann wird blass und sieht Kasim mit verängstigtem Blick an. Er erkennt, wie ernst er es meint, auch Leandro weiß, dass sein Cousin keinen Spaß gemacht hat. »Lasst ihn, wir nehmen ihn mit, unser nächstes Ziel ist eh das Haus von Gallardo!« Etwas in Leandro sagt ihm, dass dieser Mann diese Schmerzen nicht verdient hätte.

Sie gehen noch einmal in die Häuser zurück, Leandro kann hier keinen Tag verbringen. Er geht zu dem Schrank, in dem seine Mutter Adressen und Papierkram aufbewahrt hat. Einige Unterlagen liegen noch da, und zu seinem Glück findet er auch die der Firma, die sich immer um die Reparaturen und alles in ihren Häusern gekümmert hat.

Er ruft gleich an. Der Mann freut sich natürlich von ihm zu hören, die Surenas waren immer die größten Kunden von ihnen, also kommt er gleich vorbei. Solange sie auf ihn warten, zählen sie das Geld im Koffer durch, es sind um die zehntausend Dollar. Ein Anfang. Und als der Mann in der Einfahrt erscheint, übergibt ihm Leandro gleich den Koffer.

Er kennt die Familia und ihre Methoden. Als sie ihm die Häuser zeigen, ist auch er geschockt. »Wir wollen, dass unsere Mütter bald wieder hier sind, sie würden umfallen, wenn sie das zu sehen bekämen. Schaffen sie es, die Häuser wieder in einen Normalzustand zu bekommen?

Einige Möbel müssen erneuert werden, eine Grundreinigung, streichen, so gut es geht, die drei Häuser wieder in einen bewohnbaren Zustand bringen. Das Haus von Ramon als Letztes, da werden noch Sachen gelagert, die wir aber die nächsten Tage hier herausschaffen.«

Der Mann reibt sich die Stirn. »Natürlich, das kriegen wir hin, meine Firma hat eh gerade keinen Auftrag und ich kann alle Arbeiter herholen. Ich habe im Büro auch noch die Bilder, wie die Häuser nach der letzten Renovierung aussahen, das kriegen wir wieder hin!«

Sanchez setzt sich auf einen Sessel. »Danach können sie gleich bei uns weitermachen, wir haben einiges zu tun, aber es sollen immer welche von ihren Arbeitern hier anwesend sein. Sollte eine Person, die sie jetzt hier im Raum nicht sehen, ausgenommen der Kerl dort«, er zeigt auf den Mann der Mara Nuestra, der das alles nur von Weitem betrachtet, »dieses Grundstück betreten, geben sie sofort Bescheid.

Niemand kommt hier mehr hin, ohne dass wir davon erfahren!«

Sie geben dem Mann ihre Nummern und machen sich dann auf den Weg. Somit wissen sie, dass sich um das Surena-Anwesen gekümmert wird und sie sich keine weiteren Sorgen machen müssen. Als sie in die Autos einsteigen wollen, bleibt der Mann der

Nuestras stehen und sieht auf die Uhr. »Könntet ihr mir noch fünf Minuten geben?«

Rico, der neben ihm ist, sieht Leandro fragend an. »Der Mann kann froh sein, keine Kugel im Kopf zu haben und will noch fünf Minuten, wozu?« Der Mann geht schnell ins Haus, Rico folgt ihm. Sie lehnen sich an die Autos. Als die beiden wieder herauskommen, hat er einen kleinen Teppich in der Hand und geht zum Rasen. Rico deutet ihnen an, dass er verrückt ist und gesellt sich zu ihnen. Der Mann breitet den Teppich aus, kniet sich darauf und beginnt zu beten.

Eine Minute sagt niemand von ihnen etwas. Sie sehen alle nur erstaunt zu dem Mann, der in diesem Moment gar nicht da zu sein scheint, sondern ganz in sein Gebet vertieft ist. Er ist also nicht aus Mexiko, sondern muss aus einem arabischen Land kommen, Leandro hat ihm sofort angesehen, dass er kein Lateinamerikaner ist.

»Hat der gerade keine anderen Sorgen?« Sanchez setzt sich genervt ins Auto und Sami grinst. »Bei denen kannst du nicht beten wann du willst, sie haben bestimmte Zeiten, an die sie sich halten müssen. Lasst ihn, wer weiß wozu das gut ist!«

Es dauert noch ein paar Minuten, bis der Mann den Teppich wieder aufrollt und zu ihnen kommt. »Vielen Dank!« Er sieht Leandro in die Augen, der ihm andeutet sich nach hinten zu Sanchez zu setzen, während er vorne einsteigt.

Sie benutzen das Auto, was sie vor ein paar Tagen gekauft haben, die anderen setzen sich in die herumstehenden Autos, die Autoschlüssel mussten die Männer der Mara Nuestra abgeben. Ein paar sind noch ihre Autos, die sie in Sierra zurücklassen mussten, ein paar sind ganz neu.

Als sie in Richtung des Hauses von Gallardo fahren, blickt Leandro durch den Rückspiegel zu dem Mann. »Woher kommst du?« Der Mann hält seinen Teppich in der Hand. Es scheint für ihn das Wichtigste zu sein. »Aus dem Libanon.« Sami blickt vom Beifahrersitz aus nach hinten. »Wie zur Hölle bist du hier gelandet?« Der Mann rutscht unruhig neben Sanchez hin und her.

»In meinem Land hatte ich keine Perspektive, meine Eltern leben nicht mehr und ich hatte es satt, mich bei meinen Verwandten durchzuschlagen.

Da habe ich ein Probesemester in Mexiko angefangen. Gallardo habe ich dort zufällig getroffen, auf einem Markt, er war beeindruckt, wie ich um die Preise gefeilscht habe. Wir haben uns unterhalten und er hat mir einen Job angeboten, mich gebeten, für ihn die Finanzen und alles andere zu machen, Geschäfte verwalten, Kontaktadressen sammeln, einiges.

Es hat etwas gedauert, bis ich bemerkt habe, mit wem ich jetzt Geschäfte mache, das war schon kurz bevor wir Mexiko verlassen haben. Eigentlich wollte ich aussteigen, doch Gallardo hat mir klar gemacht, dass ich das nicht mehr kann. Ich habe aber niemals gegen jemanden die Waffe erhoben, ich besitze nicht einmal eine.«

Leandro lacht leise, er glaubt dem armen Kerl sogar. »Also bist du der Kopf Gallardos, das heißt, du weißt auch, mit wem er hier jetzt Geschäfte macht und alles weitere.« Der Mann nickt.

Er kann ihnen wirklich noch von großem Nutzen sein.

Sie treffen niemanden auf dem Weg zu dem neu gebauten Haus. Es ist, als würden alle spüren, was in der nächsten Zeit passieren wird und sich verkriechen. Auch treffen sie keinen einzigen Mann der Mara Nuestra, trotzdem blicken sie sich um, als sie vor Gallardos Haus halten.

Genau in dem Moment geht die Tür auf und eine Frau, der Junge, den sie beim Schießen erwischt haben und ein kleines Mädchen wollen mit mehreren Koffern das Haus verlassen.

Sanchez zwinkert zu ihnen und deutet der Frau mit der Waffe wieder ins Haus zu gehen. »Nichts da!«

Sie müssen gewarnt worden sein. Sie betreten das Haus, was auch innen nur so strotzt vor Gallardos zu großem und unberechtigten Ego. Als sie die Frau und die Kinder in den Wohnraum zurückbringen, bleibt Leandro einen Augenblick verdutzt stehen, als er sieht, wie Dania auf dem Sofa sitzt und sie alle wütend anblickt.

Kapitel 13

Verwirrt schweift Leandros Blick von der Frau mit den zwei Kindern zu Dania. »Was tust du hier?«

Sanchez und Sami bleiben auch stehen, doch dann deuten sie der Frau und den Kindern sich zu setzen, während sie sich im Haus umsehen, ob noch jemand da ist. Der Mann der Mara Nuestra tritt neben ihn. »Das ist Gallardos Tochter Dania, seine Frau Jayime, die beiden Kleinen sind auch seine Kinder.« Nun blickt Leandro genauso wütend zu Dania, wie sie ihn ansieht. »Du bist seine Tochter? War ja fast schon klar!«

Dania schüttelt den Kopf. »Wie kannst du noch so frech sein, immerhin stehst du hier in unserem Haus mit einer Waffe in der Hand. Saifeddine, was soll das Ganze?« Der Mann neben ihm ermahnt sie, ruhig zu bleiben. »Diesen Männern hat die Stadt gehört, bevor wir hergekommen sind. Ich habe ihre Bilder selber gesehen in den Häusern, wo wir gelebt haben, sie wollen jetzt ihre Stadt zurück, ihre Häuser, ihr Geld.«

Leandro hätte es nicht treffender sagen können, der kleine Junge baut sich vor Leandro auf. »Das gehört jetzt aber alles meinem Papa, er hat das alles gewonnen.« Dieser kleine Kerl hat wirklich keinen Respekt gelernt. »Dein Vater hat gar nichts, er ist hergekommen, als wir schon weg waren und hat sich ins gemachte Netz gesetzt und jetzt sind wir wieder da. Aber es ist ja kein Problem, dein Vater wird ja bald wieder da sein, dann können wir sehen, wer sich was erkämpft hat!«

Rico kommt mit zwei Frauen wieder, beide in Schürzen, sie sind hier im Haus angestellt. Eine der Frauen erkennt Leandro sofort, sie war früher bei ihnen im Haus und hat seiner Mutter geholfen, auch wenn die sich fast immer um alles alleine kümmern wollte.

Als sie ihn erkennt, kommt sie schnell auf ihn zu und küsst seine Wangen. Sie war viel mehr als nur eine Hausangestellte, sie kennt ihn von klein auf und hat ihn immer verwöhnt.

»Gesegnet sei der Herr, Leandro, ich dachte, ich würde dich niemals wieder sehen. Wo sind deine Mutter und Latizia?« Leandro lacht über ihre überschwängliche Begrüßung. »Die kommen bald wieder, wir müssen hier erst einmal für Ordnung sorgen. Wieso bist du in diesem Haus?« Die Frau guckt bitter zu der Familie. »Der Mann hat mich hergebracht, ich musste hier den ganzen Tag schuften und durfte niemals das Haus verlassen, nur zum Einkaufen, sie haben aber immer eine von uns hier gelassen, damit die andere auch zurückkommt.«

Leandro blickt zu der anderen Frau, es ist ihre Schwester, beide sind damals aus Peru zum Arbeiten hergekommen, ihre Schwester hat in der Kita seiner Mutter das Essen für die Kinder zubereitet. Bei ihnen ging es den Frauen immer gut, sie haben nie bei ihnen gelebt, sondern hatten immer ihre eigenen Wohnungen in Sierra. Leandro wendet sich an Jayime, die Frau von Gallardo. »Wieso habt ihr diese Frauen eingesperrt? Haben sie Geld für ihre Arbeit bekommen?«

Die Frau steht auf und kommt näher zu ihnen. »Noch nicht, aber ich bin sicher, mein Mann wird ihnen welches geben. Wie ihr seht, wollten wir gerade gehen, wir sind nur die Familie, lasst mich und die Kinder gehen, sie sind noch klein.« Sie zeigt dabei auf die beiden Jüngeren, Leandro weist sie an, sich wieder zu setzen.

»Ich werde schon dafür sorgen, dass die Frauen ihr Geld bekommen. Ihr bleibt hier, wir brauchen ja auch einen Grund, weswegen ihr guter Mann zurückkommen wird. So klein sind die auch nicht, zumindest was ihre vorlaute Art angeht und keine Sorge, wir gehören nicht zur Mara Nuestra, euch wird nichts passieren, wir haben unsere Prinzipien, also entspannt euch alle solange, bis Daddy wieder da ist!«

Er erntet einen bösen Blick der Frau. Die anderen kommen zurück, aber sie haben niemanden mehr gefunden. Auch sie begrüßen Leandros alte Haushälterin. »Geht nach Hause, ich bringe euch später Geld von hier, sobald wir hier fertig sind.« Die Frau lächelt zufrieden, wie schlimm muss es für sie beide gewesen sein, hier eingesperrt zu sein. Sofort muss er an seinen Vater und die anderen denken.

»Vorher mache ich euch noch etwas zu essen, ihr seht verhungert aus, ihr braucht Kraft!« Leandro will ihr erst widersprechen, doch er weiß, dass es bei ihr zwecklos ist, zudem hat er wirklich Hunger, die anderen sicherlich auch. Sanchez folgt ihr sogar gleich in die Küche, während sich alle etwas verteilen, um sich zwar auszuruhen, doch trotzdem alles im Auge zu behalten.

Die Familie scheint sich auch etwas zu entspannen, die Mutter schreit nach der Hausangestellten, dass sie ihr einige Zeitungen bringt, während sie Dania in genau dem gleichen Ton anherrscht, ihr frisches Obst zu bringen. Leandro klärt sie auf, dass die Haushälterin nun nicht mehr die Drecksarbeit für sie erledigt und sie sich selber bewegen soll, doch außer einem erneuten bösen Blick sagt sie dazu nichts.

Er geht in den Garten zu Damian, der Mann der Nuestras folgt ihnen. Dabei beobachtet er, wie Dania erst nicht auf die Aufforderung ihrer Mutter reagiert, doch dann hebt die Mutter einen ihrer Hausschuhe und sie steht auf. Hat er das gerade richtig gesehen?

Dania geht in die Küche, dabei beachtet sie ihn keines Blickes. Er sollte das alles einfach ignorieren, was geht ihn diese Familie an, außer, dass sie ihnen Gallardo bringt?

Er setzt sich neben Damian auf einen Gartenstuhl, von hier haben sie den Weg, von wo man den Berg erreichen kann, genau im Blick und sehen, wenn jemand hierher kommt.

»Was wollen wir jetzt mit denen machen? Wenn Gallardo wirklich erst morgen oder übermorgen kommt?« Leandro sieht ins Wohnzimmer, die Kinder gucken Fernsehen. »Wir warten hier auf ihn, ich bin mir sicher, dass er davon hören wird und schneller wieder hier ist, als wir ahnen. Wo genau ist der Tresor Sai...Dine?« Er wendet sich an den Mann, der neben ihnen steht und ihm deutet mitzukommen.

Er folgt Dine in den ersten Stock des Hauses. Sein Name ist zu lang, Dine passt besser, findet Leandro. Sie kommen an der Küche vorbei, wo Sanchez den Frauen beim Kochen zusieht, der Vielfraß kann es bestimmt nicht erwarten, wieder etwas von zuhause zu essen. Dania steht auf der anderen Seite und schneidet Obst.

Sie gehen die Treppe hinauf in einen riesigen Raum, in dessen Mitte ein großes rundes Ehebett steht, die Decke darüber ist mit Spiegeln versehen. Hier hatte jemand seinen Spaß. Dine geht direkt zu einem der vielen Schränke und öffnet ihn. Leandro sieht nichts außer Kleiderstangen, als Dine dann aber die Kleider zur Seite schiebt, ist hinter dem gesamten Schrank ein riesiger Tresor. »Der Hund!« Ohne Dine hätten sie den nicht so leicht gefunden.

Ein großes schwarzes Feld ist auf dem Tresor, auf das Dine jetzt seine Hand legt. »Wer hatte Zugriff zu dem Tresor?« Es dauert eine Weile, bis das schwarze Feld grün aufblinkt. »Nur ich und Gallardo, er hat niemandem getraut, ich musste nur Zugriff haben, weil ich mich um die Finanzen gekümmert habe.«

Leonardo schluckt schwer, als er auf hochgestapelte Dollarscheine sieht. »Was ist mit der Frau?« Dine lächelt mild. »Sie konnte nicht hier heran, sonst wäre sie schon längst weg.« Leandro sagt gar nichts dazu, Gallardo hat nichts anderes verdient. »Wie viel ist das ungefähr?« Das zu zählen, muss Tage dauern. »Es sind gerade genau 360.000 Dollar.« Leandro nickt. »Von wo ist das Geld?«

Dine sieht ihn ernst an. »Es ist von den verkauften Sachen aus euren Häusern, von dem Geld, was sie monatlich einnehmen bei euren Geschäftspartnern, die Waren, die hierher geliefert wurden, die noch von eurer Familie bestellt waren und verkauft sind. Bis jetzt hat er noch kein Geld aus eigener Hand gemacht, bis auf das, was er in Sierra eingenommen hat. Jetzt ist er zum ersten Mal zu einem Deal gefahren, den er selber eingefädelt hat und dafür neue Ware gekauft hat, die wir vorhin in dem Haus gesehen haben.«

Leandro will den Safe wieder schließen, gerade können sie das Geld nicht wegbringen. »Kann man das ändern mit dem Öffnen?« Dine nickt und öffnet ein kleines Seitenfach. »Natürlich, es kann aber nur von mir oder Gallardo geändert werden.« Er tippt etwas ein, dann legt er seine Hand drauf und sieht zu Leandro, der Sami ruft.

Erst gibt Leandro seine Hand, dann Sami und als Dine den Tresor schließt, probieren sie es noch einmal genau aus. Der Safe lässt sich nur noch von ihnen beiden öffnen. Das Geld ist wieder zurück in der Familia. Sami geht zurück ins Erdgeschoss, er wirkt müde und erschöpft, Leandro geht es nicht anders. Doch er hält Dine auf. »Wieso tust du das? Du müsstest uns nicht helfen, du hättest auch einfach mit den anderen gehen können, zurück in deine Heimat oder wo auch immer hin.«

»Ja, das hätte ich, aber Gallardo ist kein guter Mensch, er hat seine Macht zu bösen Dingen benutzt. Auch wenn ich selber nichts getan habe, wusste ich davon und habe mich damit schuldig gemacht. Das alles wird es nicht wieder gut machen, doch vielleicht kann ich so wieder ein wenig mein Gewissen aufbessern.

Mir haben die Leute hier oft erzählt, dass ihr anders wart, ich habe es in dieser kurzen Zeit selber schon gemerkt. Auch wenn ihr Macht habt, sicherlich viel mehr als Gallardo hat oder hatte, ihr seid nie respektlos zu anderen Menschen, die nichts mit diesen Geschäften zu tun haben und deswegen helfe ich euch.«

Leandro traut ihm nicht, niemanden der Mara Nuestra. Aber sollten seine Worte echt sein, respektiert er das. Als sie an der Küche vorbeigehen, ist nur noch die alte Haushälterin darin und ihre Schwester. Leandro setzt sich an den Tisch in der Küche. »Wie ist dieser Gallardo?« Die Haushälterin bekreuzigt sich. »Er ist ein Teufel, noch nie habe ich so einen schlechten Menschen gesehen. Er hat jeden schlecht behandelt, mit Ausnahme seiner Frau und den Kindern.

Ständig mussten wir die Garage sauber machen, nachdem er dort jemandem das Leben genommen hat. Zum Glück haben wir ihn nicht sehr oft gesehen, dafür aber seine Frau. Diese ganze Familie ist schlecht, sie hatte so oft fremde Männer hier, alle aus der Familia von ihrem Mann, mit denen sie ihren Spaß hatte, während er unterwegs war. Eine Schande, sie rührt keinen Finger selber, wenn sie zu viel getrunken hat, müssen wir ihr sogar beim Laufen helfen.

Der Junge ist genau wie sein Vater, er quält jetzt schon alles was ihm über den Weg läuft und das kleine Mädchen ist das verwöhnteste Kind was ich kenne, sie hat jedes Mal nach mir getreten, wenn ich ihre Lieblingssachen noch nicht gewaschen hatte, die Mutter hat nur darüber gelacht. Die einzig gute Seele hier ist das ältere Mädchen Dania.

Die Arme, ich hoffe, sie wird einen Weg hier herausfinden. Sie haben uns schon schlimm behandelt, aber im Vergleich zu ihr haben wir es noch gut gehabt. Ein Wunder, dass sie hier nicht zerbrochen ist!«

Leandro schaut aus dem Fenster, um uninteressiert zu wirken, aber natürlich interessiert ihn, was mit Dania ist, vielleicht erklärt das ja ihre wütende Art. »Wieso, was ist mit ihr, sie wird doch sicherlich wie eine Prinzessin behandelt.« Die Frau, die ihn seit dem Babyalter kennt, lacht auf und mischt Kräuter in eine Soße.

»Eher Aschenputtel, wir mussten schon viel tun, aber das Mädchen war nur am Arbeiten, wenn sie zu Hause war. Ihre Mutter hat immer etwas gefunden, was sie für sie tun sollte. Sie muss ihr sogar ihre Schminksachen reinigen, jeden Abend, die Toiletten im Haus putzen mit der Zahnbürste und wehe, es gefällt der Mutter nicht. Sie hat schon so oft Verletzungen von ihr gehabt.

Manchmal, wenn sie an ihr vorbeigeht, zieht sie ihr einfach an den Haaren und meckert über ihre Locken. Wenn andere Männer im Haus sind, mit denen sie gerade ihren Spaß hatte, stellt sie sie vor allen bloß, indem sie an ihrer Kleidung spielt und ihnen sagt, dass sie so gerne sexy wäre, dabei ist Dania alles andere als freizügig angezogen. Ich verstehe nicht, wie man sein Kind so behandeln kann.«

Das alles hätte Leandro nicht erwartet, er sieht ungläubig zu der Frau. »Ist sie zu all ihren Kindern so?« Sie schüttelt den Kopf. »Nein, die Kleinen sind ihr ein und alles, man darf sie nicht einmal falsch ansprechen. Ich bin einfach nur froh, dass es alles ein Ende hat und die Familias wiederkommen.« Sie kommt zu Leandro und gibt ihm einen Kuss auf die Wange.

Er ist richtig verwirrt, als er aus der Küche geht und läuft noch einmal in den ersten Stock. Was ist hier passiert? Noch einmal öffnet er das Schlafzimmer, betrachtet all den Luxus und schließt die Tür. Im nächsten Zimmer wird er von Rosa und Plüsch fast erschlagen, das ist definitiv das Zimmer der Kleinen. Zwei weitere Zimmer folgen, die offensichtlich unbenutzte Gästezimmer darstellen sollen. Es gibt mehrere Badezimmer und dann findet er noch das zugestellte Zimmer des Jungen.

Die Kleinen werden wirklich verwöhnt, aber kein Zimmer, was Danias sein könnte. Leandro geht zurück in die Küche. »Wo habt ihr geschlafen?« Die Haushälterin zeigt nach unten. »Im Keller.«

Leandro geht die Treppe runter in den Kellerbereich. Hier gibt es eine Waschküche, nochmal eine kleine Küche zur Essenszubereitung, Abstellräume, dann sieht er ein Zimmer, was sich die Haushälterin mit ihrer Schwester geteilt hat. Es ist schlicht gehalten, zwei Betten, ein Schrank, eine Schminkkommode, sie haben es sich hier aber so gemütlich gemacht, wie es unter den Umständen ging. Es gibt nur noch eine Tür und die ist verschlossen.

Sein Verstand sagt ihm, dass er es gut sein lassen soll, es geht ihn nichts an, aber er ist zu neugierig, er will versuchen zu verstehen, was hier passiert ist.

Mit zwei kräftigen Tritten bricht er die Tür auf, sobald er freie Sicht hat, schüttelt der den Kopf. Er kann nicht glauben, dass dies Danias Zimmer ist. Es ist kahl, das Zimmer der Hausmädchen wirkt schon fast luxuriös dagegen. Er betritt den winzigen Raum, ein Klappbett steht da, eine dünne Decke, ein Kissen, ein schon kaputter Kleiderschrank, Leandro sieht sich schockiert um.

Wieso hassen diese Leute ihre Tochter so? Ein riesiges Kreuz ist das Einzige, was diesen Raum schmückt. Auf einem Schreibtisch sieht er Tausende von Unterlagen, Dania scheint viel für die Uni zu tun.

Es ist für ihn so beklemmend in dem Raum, dass er schnell wieder heraustritt und beinahe in Dania hineinläuft. Sie geht sauer an ihm vorbei in ihr Zimmer. »Wieso hast du das getan, was fällt dir ein?« Sie stemmt ihre Hände in die Hüften und blinzelt ihn wütend an, wieder glänzen ihre Augen, sie ist wunderschön.

Leandro weiß nicht, ob er schon jemals eine so hübsche Frau gesehen hat. Sie ist anders schön als die anderen Frauen, ohne Schminke, ohne die engen Klamotten, einfach ihre Ausstrahlung, ihr schönes Gesicht, nur nicht ihre wütende Art.

Ihr scheint sein Blick auf ihr unangenehm zu sein und sie verschränkt unsicher die Arme. Leandro schüttelt kurz den Kopf, wieso starrt er sie so bescheuert an? »Ich muss in alle Räume sehen!« Etwas Besseres fällt ihm nicht ein. Sie sieht auf die nur noch halb in der Verankerung hängende Tür. »Und da ist dir nicht eingefallen, vielleicht einmal nach einem Schlüssel zu fragen, bevor du hier Rambo spielst?«

Leandro legt den Kopf schief, die Frau macht ihn wahnsinnig. »Ich tue was ich will, comprende?« Dania geht in ihr Zimmer. »Macht doch alle, was ihr wollt!« Mit einem lauten Knall schmeißt sie die ohnehin schon kaputte Tür ins Schloss und diese fällt krachend zu Boden. Nun hat sie gar keine Tür mehr. Leandro muss sich ein Lachen verkneifen, also geht er einfach wieder nach oben und lässt sie alleine in ihrem Zimmer wütend sein.

Als er nach oben kommt, bringt die Haushälterin gerade allen einen vollgefüllten Teller, allein der Duft lässt Leandros Magen knurren. Er setzt sich zu Rico, die anderen sind alle etwas verteilt, um den Überblick zu behalten. Sie bringen auch den Kindern etwas und als sie Dine etwas anbietet, will der erst nicht, da er kein Fleisch isst.

»Ein Mann muss Fleisch essen!« Sanchez hat schon den halben Teller leer gegessen, die Haushälterin bringt Dine einen Teller ohne Fleisch. »Ich esse schon Fleisch, aber nicht hier, schon lange nicht mehr, ich esse kein Schwein und es muss auf eine bestimmte Art geschlachtet sein, damit ich es essen kann.« Leandro verdreht die Augen, wie kann man nur auf Fleisch verzichten?

Als die Haushälterin nach unten ruft, ob Dania etwas essen will, ruft sie nur nach oben, dass sie keinen Hunger hat. Die Mutter ist inzwischen auf der Couch eingeschlafen.

Nach dem Essen wird auch Leandro immer müder, sie müssen sich mit dem Schlafen einteilen, außerdem müssen sie auch noch ein paar Klamotten aus Avilios Haus holen, damit sie etwas zum Wechseln haben. Die Nacht werden sie sicherlich hier verbringen, und es wird niemand die Sachen von Gallardo tragen.

Er bespricht sich mit Sami. Momentan ist Siesta, es werden kaum Leute unterwegs sein, also reicht es, wenn er und Avilio fahren, die Mara Nuestra ist erst einmal weg und Gallardo wird, auch wenn er sich beeilt, es nicht schaffen vor morgen hier zu sein.

Er sieht zu Dine. »Willst du jetzt gehen? Du hast uns geholfen und bist nicht mehr gefangen, du kannst jetzt tun und lassen was du möchtest.« Der Libanese überlegt. »Nein, ich würde gerne noch bleiben, wenn es möglich ist, bis Gallardo hier ist, er hat noch etwas von mir, was er immer bei sich trägt, meinen Pass, vielleicht ist er nun bereit ihn mir zu geben.« Leandro kann über all das nur noch den Kopf schütteln. »Das wird er sein!«

Dine fragt aber, ob er einige Sachen aus seinem Haus holen kann. Leandro und Avilio stimmen zu ihn mitzunehmen. Als sie gerade los wollen, kommt Dania nach oben. Sie hält eine Bibel fest an sich gedrückt und sieht zur Uhr. »Ich muss zur Kirche!«

Leandro übergeht sie einfach, die Frau hat echt keine anderen Sorgen. Er sucht in einem Haufen Autoschlüssel nach seinen, von dem Auto, was sein Vater ihm geschenkt hat und was hier vor der Tür steht. »Bete hier!« Kasim geht an ihnen vorbei, doch Danias Blick bleibt auf Leandro, er spürt ihn brennend auf sich, ignoriert es jedoch.

Als er den Schlüssel gefunden hat, sieht er zufrieden in die Runde. »Bis später, sollen wir euch zu Hause absetzen?« Er sieht zu den Haushälterinnen, die den Kopf schütteln. »Wir müssen unsere Sachen noch einpacken!« Leandro blickt zu der Frau, die immer noch schläft. »Nehmt euch alles was ihr wollt, wenn ihr Möbel haben wollt, lasse ich einen großen Wagen holen, der sie euch transportiert.«

»Nein, wir wollen nichts von diesen Leuten!« Leandro lacht, als er aus der Tür gehen will, stellt sich Dania ihm in den Weg.

»Ich muss in die Kirche, ich gehe jetzt einfach, wollt ihr mich dann erschießen?« Leandro seufzt auf, sie als Gefangene zu halten, wird nicht einfach. »Ja, wenn es sein muss. Du bleibst hier, keiner von euch verlässt das Haus, bete hier!« Dania dreht sich um und geht zur Haustür. »Von mir aus erschießt mich, ich fürchte niemanden außer Gott!«

Dine, der neben ihm steht, sieht zu ihr. »Sie geht jeden Tag zur selben Zeit, es ist ihr sehr wichtig, warum weiß niemand!« Avilio geht an ihm vorbei und lädt seine Munition nach.

»Nimm sie mit, wir können eh noch einmal nach dem Padre sehen!« Leandro folgt allen nach draußen, so nimmt man keine Gefangenen. »Okay, von mir aus steig ein, du musst dich aber beeilen.« Dania läuft einfach weiter. »Ich kann laufen, ich wollte euch nur darüber informieren, wo ich hingehe.«

Leandro reicht es, er geht ihr hinterher und hält sie am Arm fest. Als sie ihn erschrocken ansieht, grinst er. »Du hältst mich schon wieder fest!« Sie versucht seinen Arm loszumachen, doch er lässt es nicht zu, er beugt sich vor, ganz nah zu ihrem Ohr. Sie riecht nicht nach Parfüm aber trotzdem sehr süß. »Steig ins Auto ein, ich meine es ernst, geh mir nicht auf die Nerven und spiele hier nicht die Zicke, sonst wird das Ganze böse enden!«

Er lässt sie los und an ihrem Gesichtsausdruck erkennt er, dass sie ihn am liebsten ohrfeigen würde, doch dann zum Auto stampft, zu Dine nach hinten steigt und die Tür laut zuknallt. Leandro grinst zufrieden. Sami, der an der Haustür gelehnt steht und alles beobachtet, hebt den Daumen. »Du bist ein Held!«

Kapitel 14

Sie fahren in die Kirche, auf dem Weg dorthin spricht Dania kein Wort. Dine versucht immer wieder bei Gallardo auf dem Handy anzurufen, es ist aber jedes Mal aus. Auch bei keinem der Männer, die bei ihm sind, erreicht er jemanden.

Leandro weiß, dass sich Gallardo schon von alleine melden wird, immerhin haben sie seine Familie. Als sie an der Kirche halten, steigt Dania als Erste aus. »Ist sie immer so?« Leandro wendet sich an Dine. »Nein, sie ist wirklich ein ganz liebes und ehrliches Mädchen, sie scheint dich nicht besonders zu mögen.« Avilio lacht und Leandro steigt wütend aus. Noch immer hat er nicht verstanden, was er Dania angetan hat, dass sie so ein Problem mit ihm hat.

Die Kirche ist leer, aber natürlich wie immer offen, jeder kann zu jeder Zeit hierher kommen und sein Gewissen erleichtern. Es hängt ein Zettel, dass die Gottesdienste für die nächsten Tage abgesagt sind. Leandro bittet Avilio bei Dania zu bleiben, die sich in die erste Reihe kniet und zu beten beginnt. Er selber geht ins Haus des Padre, der im Bett liegt und sich ausruht. Auch wenn man ihm den Stress ansieht, hält er sich gut und wird auch das überstehen.

»Die Kirche ist jetzt nicht mehr der gleiche Ort wie vor einem Jahr. Es fällt mir schwer, dort jetzt noch die Messen abzuhalten!« Leandro nickt, sie wurde viel zu oft entehrt. »Wir lassen uns etwas einfallen, kommen sie erst einmal wieder auf die Beine.« Er wird alles wieder gut, für die Kirche werden sie auch eine Lösung finden. Als er zurückgeht, betet Dania immer noch, auch Leandro bekreuzigt sich und spricht ein Gebet.

Wie oft er und seine Mutter hier waren, sie haben dann jedesmal Kerzen angezündet und für die verstorbenen Mitglieder und ihre Seelen gebetet. Nun betet Leandro dafür, dass alles wieder in Ordnung kommt. Als er sein Gebet beendet, warten die anderen schon an der Tür der Kirche auf ihn, Dania schenkt ihm dieses Mal einen nicht ganz so abwertenden Blick, doch sobald sie wieder im Auto sitzen, sieht sie aus dem Fenster und schweigt.

Er ruft seine Cousins an, um zu fragen, ob alles in Ordnung ist. Nesto sagt ihm, dass die Mütter probieren, sie zu erreichen, sie aber nicht rangegangen sind. Es ist langsam nicht mehr glaubwürdig, was sie ihnen die ganze Zeit versuchen vorzuspielen.

Leandro stimmt ihnen zu und sagt, dass er mit ihnen reden wird. Er schreibt seiner Mutter eine Nachricht, dass sie alle zusammenrufen soll, er wird sie in zwei Stunden anrufen und ihnen allen etwas Wichtiges sagen. Leandro fühlt sich dabei, als würde er sein eigenes Grab schaufeln, er hat keine Angst vor Gallardo, den Mara Nuestras oder sonst wem. Seiner Mutter und seinen Tanten wehzutun, vor ihrem Urteil, so etwas lässt ihn ein ungutes Bauchgefühl bekommen.

Bei Avilio nehmen sie eine große Tasche und schmeißen einfach von jedem einige Sachen hinein. Sie werden damit schon zurecht kommen. Dania ist im Auto geblieben und Dine hilft ihnen.

Leandro weiß mit dem Mann nichts anzufangen, er kann ihn weder als Feind noch als Freund einstufen und versucht es erst gar nicht. Als sie sich dann auf den Weg zum Surena-Gebiet machen, ruft er erneut bei Gallardo an. »Wenn er weiß, dass sie hier sind«, Dania deutet mit ihrem Kopf zu Leandro, »wird er nicht an sein Telefon gehen. Er weiß bestimmt schon Bescheid!«

Leandro bekommt eine Gänsehaut, wie sie das er ausspricht, sie redet von ihrem Vater wie von einer schlimmen Krankheit. »Umso besser, dann ist er sicher schon auf dem Weg!« Er sieht Dania über den Rückspiegel in die Augen, doch die lacht nur bitter auf und wendet ihren Blick wieder aus dem Fenster. Was muss in dieser Familie alles passiert sein?

Sie fahren zu dem Surena-Anwesen, Dine muss seine Sachen aus Rodriguez' Haus holen und Avilio begleitet ihn. Er geht in sein Haus. Als Dania am Auto stehen bleiben will, wendet Leandro sich zu ihr. »Komm!« Sie sieht ihn genervt an. »Ich warte hier!« Leandro hat genug von ihrem Herumgezicke, er wedelt mit seiner Waffe in der Luft.

»Du bist unsere Gefangene, also nein, du kommst mit!« Sie stößt sich vom Auto ab und geht an ihm vorbei, dabei bildet sich ein leichtes Lächeln auf ihrem Gesicht. »Kann es sein, dass du zu viele schlechte Filme gesehen hast?« Leandro hält sie an der Hand fest. Bevor sie ihn zum x-ten Mal darauf aufmerksam machen kann, dass er sie immer festhält, nimmt er ihr Kinn zwischen seine Finger und fixiert ihr Gesicht. »Mach das nochmal!«

Dania sieht ihn an, als wäre er verrückt geworden. »Was?« Leandro hält sie weiter fest. »Lächeln, ich kann es kaum glauben, aber ich habe eins gesehen, ich muss es nochmal sehen, sonst habe ich es mir nur eingebildet.« Nun lacht sie leise und schlägt seine Hand weg, sie ist wunderschön, wenn sie lacht. »Du hast dich geirrt.« Leandro lacht auch, als sie vor ihm in das Haus geht, vielleicht hasst sie ihn doch nicht so sehr, wie sie es zumindest angestrengt probiert.

Überall auf dem Gelände sind schon Arbeiter aktiv und der Leiter kommt ihnen entgegen. Er isst die berühmte Pizza aus der kleinen Eckpizzeria in der Nähe des Einkaufcenters. Sie ist weit über Sierra hinaus bekannt und das nicht zu unrecht, es ist die beste Pizza, die es gibt.

»Es läuft alles sehr gut, ich habe schon eine erste Einschätzung machen können, in zwei Wochen dürfte alles beim Alten sein.« Leandro nickt, der Mann bietet ihnen ein Stück Pizza an, doch beide verneinen, auch wenn er den hungrigen Blick von Dania auf der Pizza bemerkt. »Sehr gut, ich hoffe, die Familien können bald zurückkommen.«

Leandro geht zusammen mit Dania in sein altes Zimmer, er wollte nach seinem alten Laptop sehen, auf dem viele wichtige Dateien gespeichert waren und den er damals in der Eile vergessen hat, doch sein Zimmer ist kaum wiederzuerkennen, natürlich findet er kein elektrisches Gerät mehr darin. Er hat damals nicht alle Klamotten mitnehmen können und wie er es sich gedacht hatte, sind auch die nicht mehr da.

Dania sitzt auf seinem alten Bett und sieht auf ein Foto, was er beim Herauswühlen hervorgeholt hat. Als sich Leandro frustriert zu ihr setzt, zeigt sie auf das Bild.

»Ist das deine Familie?« Es ist das Bild, was auch Latizia hat und für ihn als Kette hat machen lassen. Er nickt, jetzt in diesen paar Minuten in seinem alten Zimmer fühlt er sich sehr erschöpft. Das erste Mal spürt er, was die letzten Tage alles passiert ist, er ist bisher kaum dazu gekommen darüber nachzudenken, sie mussten einfach nur handeln, für Gefühle war da nicht viel Platz.

»Ja, das ist meine Familie.« Leandro sieht selbst auf das Bild in ihren Händen. »Deine Eltern sehen noch sehr jung aus, du siehst deinem Vater ähnlich, das ist ja fast schon gruselig, aber die schön ... Die Augen hast du von deiner Mami.« Dania lächelt das Bild an und Leandro glaubt nicht, wie anders sie sein kann. Er will das natürlich lange auskosten. Hat sie gerade sagen wollen, er hat schöne Augen? »Ja, sie haben mich ziemlich früh bekommen, meine Schwester ist etwas jünger und ich habe noch einen kleinen Bruder Lando.«

Dania legt das Bild zur Seite. »Deine Schwester ist richtig hübsch, du kannst stolz auf deine Familie sein, das war euer Haus?« Leandro sieht sich um. »Ja, es ist unser Haus, bevor deine Familia herkam, sah es allerdings noch ganz anders aus.« Dania blickt leicht beschämt zu Boden und sagt nichts dazu.

Avilio ruft von unten, dass sie weiter wollen. Leandro steht auf und Dania folgt ihm nach unten. Im Auto beschließt Leandro, die – wenn auch nur kleine Brücke – die sich gerade zwischen ihm und Dania aufbaut etwas zu erweitern, er würde gerne wissen, was bei ihr passiert ist.

»Wir holen noch Pizza, bevor wir zurück fahren!«

Als sie ins Haus zurückkommen, sind die beiden Kleinen auf der Couch eingeschlafen, Jayime sieht ihnen genervt entgegen. »Wann können wir gehen?« Leandro wirft die Pizzaschachteln auf den Tisch. »Sobald ihr Mann hier erscheint!« Er geht zu den Männern in den Garten, die sich um einen Tisch versammelt haben, Karten spielen und die Auffahrt im Auge behalten.

»Wo sind die anderen?« Sami rückt einen Stuhl weiter. »Die schlafen, wir teilen uns ein.« Leandro verteilt die Pizzen und blickt ins Wohnzimmer, wo die Mutter sich Pizza nimmt und Dania ihr etwas zu trinken bringt.

»Hat sich jemand gemeldet?« Sanchez deutet auf mehrere vor ihm liegende Handys. »Nein, hier geht nichts rein oder raus, ohne dass wir es merken.« Leandro beißt von seiner Pizza ab und nimmt dann sein Handy in die Hand. »Dann sagen wir unseren Familien mal, dass sie bald wieder nach Hause können.«

Es klingelt bei seiner Mutter nicht einmal richtig und sie ist schon am Apparat, Leandro ist etwas zu spät dran. Er bittet sie den Lautsprecher anzumachen und fragt, ob alle da sind. Als sie sagt, dass eh alle bei ihnen sind, da sie im Hotel angerufen und erfahren haben, dass die Jungs nie eingecheckt haben, hört er schon, wie sauer sie ist.

»Wir hatten nie vor nach Mexiko zu fliegen, wir wollten nur nicht, dass ihr euch zu große Sorgen macht. Wir sind zurück nach Sierra, um uns hier um alles zu kümmern und es sieht ganz gut aus.«

Wenn er dachte, dass sie das 'es sieht ganz gut aus' etwas beruhigt, hat er sich getäuscht, alle Frauen im Raum schreien entsetzt auf oder beginnen zu meckern, Leandro muss sich das Handy für einen Moment vom Ohr halten. Sanchez und die anderen sehen ihn fragend an, also schaltet auch er den Lautsprecher ein. Als sie das Gemecker hören, verziehen alle ihr Gesicht.

Sami mischt sich dann ein, doch Sara lässt ihn gar nicht zu Wort kommen. »Was denkt ihr euch? Denkt ihr, eure Väter haben umsonst dafür gesorgt, dass wir Puerto Rico verlassen? Wie wollt ihr das alles anstellen, ihr kommt sofort zurück!«

Sanchez lacht leise. »Unsere Väter wissen, dass wir hier sind.«

Da tritt Stille ein bei den Frauen und Sami beginnt ihnen alles zu erklären, wie sie hergekommen sind, von Avilio und den anderen Männern. Was in der Zeit alles in Sierra passiert ist, wie sie die Häuser vorgefunden haben und von der Mara Nuestra. Als er ihnen sagt, wie weit sie schon sind, dass ihre Häuser wieder ihnen gehören, dass sie bereits renoviert werden, dass sie wieder einiges von ihrem Geld zurückhaben, dem Padre geholfen haben und mit dem Arzt Kontakt haben, der ihr Mittelsmann zwischen den Vätern und ihnen ist, merkt man, dass allen eine Last vom Herzen fällt.

Natürlich verschweigen sie, dass sie gerade im Haus des Anführers warten, bis der sich blicken lässt. »Es dauert nicht mehr lange und ihr alle könnt zurückkommen. Vielleicht noch ein Monat, aber verabschiedet euch schon einmal von New York. Wir werden hier noch etwas zu tun haben und dann sorgen wir dafür, dass auch der Rest der Familia wieder zu uns kommt!«

Damian sagt das so zuversichtlich, dass auch Leandro für einen Moment fest daran glaubt, bis er wieder den Weg sieht, den sie bis dahin noch vor sich haben.

»Ich denke, wir haben euch unterschätzt, auch wenn ich es nicht gut finde, dass ihr da seid. Meldet euch jetzt öfter, keiner von uns wird sonst seine Ruhe haben, man weiß nie, was noch alles passieren kann.« Sie versprechen es ihren Müttern und beenden dann das Gespräch.

Leandro will sich etwas zu trinken holen und sieht, dass nur die Mutter im Wohnzimmer ist. »Wo ist Dania?« Jayime sieht gelangweilt zum Fernseher. »Sie isst nicht mit uns!« Leandro schüttelt den Kopf und geht nach unten, um nach ihr zu sehen. Als er in ihren Raum kommt, findet er sie schlafend auf dem Bett vor. Auf einem Teller liegen wenigstens ein paar Pizzaränder, doch die Art, wie sie sich auf dem kargen Bett zusammenrollt und die Bibel fest an sich drückt, lässt ihn ein ungutes Gefühl bekommen.

Er geht in den ersten Stock in eines der Gästeschlafzimmer und holt sich dort mehrere feine Daunenkissen und eine weiche Decke.

Als er sie vorsichtig auf Dania legt, ohne sie dabei aufzuwecken, kuschelt sie sich fest in die Decke. Er gibt sich alle Mühe, ihren Kopf langsam hochzuheben und das einfache dünne Kissen gegen ein weiches einzutauschen und platziert die anderen um sie herum. So ist es viel besser, denkt er sich, als er anschließend in ihr schlafendes Gesicht sieht, dass von ihren schwarzen Locken umrandet wird.

»Du magst sie, oder?« Er hat nicht gemerkt, dass Jayime hinter ihm steht und sie beobachtet.

»Du offensichtlich nicht!« Leandro deutet ihr hochzugehen und tritt selbst auch wieder aus dem Raum von Dania. »Sie ist ein nutzloses Kind, lebt für die Bibel und ist zu nichts zu gebrauchen.« Jayime hat ihre Strickjacke ausgezogen und kommt näher zu ihm.

»Du bist mir gleich aufgefallen, deine grünen Augen wirken gefährlich und gleichzeitig anziehend. Ich mag deinen Bart.« Sie streicht mit ihren Fingern über seinen Dreitagebart. »Du hast etwas Mächtiges an dir, du bist bestimmt ihr Anführer, oder?«

Jayime ist eine schöne Frau und sehr sexy, Leandro versteht, wieso Gallardo ihretwegen seinen Verstand verloren hat. Sie hat helle Strähnen in ihrem schulterlangen Haar und ihre blauen Augen mit dicker schwarzer Farbe so stark ummalt, dass das Blau alles andere aussticht.

Ihrer Figur sieht man niemals an, dass sie drei Kinder zur Welt gebracht hat. »Ich bin einer von den Anführern.« Sie stellt sich auf die Zehenspitzen. »Ich liebe Anführer und ich habe Langeweile.« Leandro nimmt ihre Hand von seinem Gesicht, sein Blick fällt für eine Sekunde auf Dania.

»Ich habe auch Langeweile, aber noch nicht so sehr, dass ich die abgelegten Sachen von einem Feigling wie Gallardo benutze.« Er zwinkert ihr süß zu und verkneift sich ein Lachen, als sie wütend vor ihm die Treppe hinaufgeht.

»Hast du ihr auch einen Korb gegeben?« Sami lacht, als er die eingeschnappte Jayime nach oben gehen sieht. »Hat sie es bei dir auch probiert?« Sami lacht. »Sie scheint zu merken, dass sie es jetzt bei uns besser hätte, die Zukunft von Gallardo sieht nicht so rosig aus. Leandro ist müde, einige der Männer, die bereits geschlafen haben, kommen zurück ins Wohnzimmer.

»Leg dich hin, es bringt niemandem etwas, wenn du zu kaputt zum Stehen bist!« Leandro sieht sich abwertend um, wie soll er hier schlafen? Damian liegt auf der einen Hälfte der Couch und Leandro legt sich einfach auf die andere. Er wird sich niemals in eines von Gallardos Betten legen. Er hört auf die Stimmen seiner Cousins und auch wenn er viel zu wachsam ist, fallen ihm schnell die Augen zu. Er weiß, dass er sich hundertprozentig auf sie verlassen kann.

Paco sieht zu seinem Schwager und seinem Bruder, es ist ruhig in dem Gefängniskomplex, in dem sie schon so lange eingesperrt sind. Heute war der Arzt da, er hat ihnen die Nachricht von Leandro übermittelt.

Sie sind in Sierra, sie scheinen dort wieder Macht zu haben und sie haben es geschafft den Arzt ausfindig zu machen. Er sollte beruhigt sein, es passiert endlich etwas, doch er fühlt sich noch beschissener als jemals zuvor.

Für sie alle ist es am schwersten, nicht durchzudrehen, nicht den Verstand zu verlieren, hier eingesperrt und keine Aussicht zu haben, dass es besser wird. Deswegen war die Nachricht des Arztes wie ein Fest, es tut sich etwas. Doch zu welchem Preis?

Wie soll er sich darüber freuen, wenn er nicht einmal weiß, was gerade genau passiert, was die Jungs unten machen, gegen wen sie sich durchsetzen müssen, wer ihnen zur Seite steht, er weiß nicht einmal, wer alles dabei ist, nur, dass sein Sohn scheinbar die Kontrolle über alles hat.

»Sie werden es schaffen, sie müssen, es gibt keinen Weg daran vorbei!« Juan wirft das Papier, was er von einem Blatt abtrennt, geistesabwesend ins Feuer des gerade abkühlenden Grills.

»Wer denkt ihr ist dabei?« Rodriguez sieht zu Paco. »Ich denke, die Ältesten, Sanchez, Sami, Damian, Rico, Kasim, Leandro, vielleicht Nesto noch, ich denke nicht, dass sie die Jüngeren mitgenommen haben, aber wer weiß das schon.«

Miguel taucht plötzlich neben ihnen auf und setzt sich zu Juan. »Ich kann nicht schlafen.« Juan legt den Arm um Pacos Neffen, es tut ihnen am meisten für die Jungen leid, die wie sie hier eingesperrt sind. Sie werden damit schon fertig, doch für Miguel und die anderen ist jeder Tag eine Qual.

Sie spielen Fußball, Karten, haben alle DVDs und Serien gesehen, die es gibt und zum Glück haben sie auch irgendwann eine Spielebox bekommen, das ist das Einzige, um die Zeit totzuschlagen. Sie achten sehr auf die Jüngeren, trainieren mit ihnen, versuchen sie abzulenken, doch wie lange können sie das noch mitmachen, noch einige Monate, noch Jahre? Irgendwann werden alle ihren Verstand verlieren.

»Das Schlimmste ist, ich konnte dem Arzt nichts dazu sagen, außer, dass er ihnen sagen soll, sie sollen aufpassen. Keine Hilfe, keine Tipps, nichts, wir wissen ja nicht einmal, was los ist, wer in Sierra ist, was sie da erwartet, wer noch da ist, um zu helfen, wie weit sie sind, was sie genau jetzt machen.«

Miguel schnalzt die Zunge. »Ihr braucht euch keine Gedanken zu machen, sie haben es vor euch versteckt, doch ich habe gesehen, was sie alle können, wie weit sie sind.

Besonders, Sami, Leandro, Sanchez und Damian sind viel weiter als viele, die hier sind. Ich weiß, dass sie das schaffen werden und sie werden herkommen. Ich würde es nicht anders machen und jeder von euch auch!«

Paco, Rodriguez und Juan sehen Miguel an, sein Wort in Gottes Ohr. Er muss an Leandro denken, er hat sein Blut in sich, er weiß, dass er das schaffen kann, doch seine größte Sorge gilt seiner Wut, die er nicht kontrollieren kann. Das macht ihn angreifbar und Paco hatte sich geschworen, bei seinem Sohn zu sein, das mit ihm in den Griff zu bekommen und jetzt sitzt er hier und kann nichts anderes tun als abzuwarten.

Sie würden es es nicht einmal erfahren, wenn etwas schief geht.

Leandro kann nicht lange schlafen, da klingelt sein Handy Sturm.

Er schafft es nicht schnell genug ranzugehen, zum Glück ist Sanchez da und nimmt den Anruf entgegen. Als er sieht, wie der sich anspannt und in den Hörer »wie viele sind es?« fragt, werden alle um ihn herum hellwach.

»Wir sind sofort da, nehmen sie ihre Männer weg, sie sollen sich im Haus verstecken.« Es ist mitten in der Nacht, Sanchez legt auf und sieht sich um.

»Das war von den Arbeitern im Surena-Anwesen, ein Auto ist gerade angekommen mit Männern, ein zweites scheint auch gerade angekommen zu sein, es geht los!«

Kapitel 15

Leandro und alle anderen sind sofort auf den Beinen und bereit loszufahren, doch Kasim stoppt sie.

»Wir können nicht alle fahren. Was ist, wenn das eine Falle ist und nur eine Ablenkung, um in der Zeit herzukommen?« Sanchez flucht. »Wir müssen aber dahin, oder sollen wir die Arbeiter diesen Idioten überlassen?« Leandro teilt sie auf, er geht mit Sami, Sanchez, Avilio, Nesto und fünf anderen los, der Rest wartet im Haus.

Es kann die falsche Entscheidung sein, nur leider haben sie nicht viel Zeit zum Nachdenken. Sie rennen zu den Autos und verteilen sich auf zwei. Den Weg, für den sie sonst zehn Minuten brauchen, rasen sie in weniger als fünf zu ihrem Anwesen. Sie sehen sofort die Wagen und mindestens zehn Männer, die vor den Türen stehen. Offensichtlich haben sich die Arbeiter in dem Haus eingeschlossen und einer der Männer versucht gerade die Tür aufzutreten.

Sie zögern nicht lange und springen aus dem Auto. Hinter den Autos der anderen ducken sie sich und Leandro eröffnet das Feuer auf die Männer, die sie noch nicht gesehen haben. Er trifft den Mann, der die Tür zu zerstören versucht. In der nächsten Sekunde werden sie beschossen. Es ist das erste Mal, dass Leandro so einen Kugelhagel erlebt. Avillio ruft ihm zu, er soll an die Seite des Autos und von da schießen, um sie abzulenken.

Leandro sieht von der Seite hervor, schießt und duckt sich. Avilio hat recht, es scheinen alle Kugeln in seine Richtung zu kommen, womit Avilio freie Bahn hat zurückzuschießen. Die anderen Männer rücken weiter vor auf sie zu, Leandro erkennt aber, dass schon mindestens zwei am Boden liegen.

Sie alle sind so abgelenkt mit den Männern vorne, dass sie nicht bemerken, wie sich welche von hinten nähern. Erst als ein Knall neben ihm ertönt und ein Mann der Puntos, Ramirez, neben ihm zusammensackt, drehen sie sich um, zwei Männer kommen angerannt und eröffnen das Feuer. Leandro reagiert sofort, auch die anderen schießen zurück und schnell gehen die zwei zu Boden, doch auch Nesto schreit schmerzhaft auf. Die Zeit haben die Männer, die sie vorher gut in Schach halten konnten, genutzt, um sich zu nähern. Avilio reagiert als erster und feuert wieder in die andere Richtung. Sami hilft ihm und Leandro beugt sich über Ramirez, der neben ihm zusammengesackt ist.

Nur ein Blick auf ihn und er weiß, dass jede Hilfe zu spät kommt. Aus einem großen Loch am Kopf strömt Blut aus. Leandro flucht und schließt die Augen des toten Mannes.

»Nesto ist getroffen!«

Sanchez ist bei ihm, er ist noch bei Bewusstsein, hält sich aber schmerzend sein Bein. Sami stürzt zu ihnen, zieht sein Shirt aus und wickelt es fest um die Stelle, wo sich die hellblaue Jeans rot färbt.

Leandros Wut übernimmt seinen Verstand, er sieht auf Ramirez, Nesto und das Blut in seinen Händen. Ohne eine Sekunde weiter nachzudenken, steht er auf und rennt auf die Männer zu.

»Leandro, nein!« Er hört nicht auf Sami, doch merkt sofort, dass sie mehr von hinten schießen, um ihn zu decken. Seine Aktion hat die Männer überrascht, jetzt erst hat er einen richtigen Überblick, es stehen nur noch vier, jetzt kann er wenigstens richtig zielen.

Einen erwischt er, bevor er sich richtig zu ihm gedreht hat, ein weiterer wird getroffen durch die Kugel der anderen, die Leandro decken wollen. Aber auch auf ihn wird sofort geschossen. Leandro spürt einen brennenden, stechenden Schmerz in seinem Arm.

Die Wucht des Schusses wirft ihn kurz zurück, doch seine Wut ist so groß, dass er, ohne weiter auf den Schmerz zu achten, auf den Mann zielt, der ihn angeschossen hat, er trifft ihn an der Brust, die weiteren Kugeln der Männer hinter ihm erledigen den Rest.

Da bemerkt Leandro, dass der letzte Mann wegrennt. Er denkt nicht daran, einen von ihnen davonkommen zu lassen und rennt ihm an den Häusern vorbei hinterher.

Der Mann ist schnell, doch als er in den Garten von Rodriguez rennt, rutscht er am Pool aus und kommt ins Schleudern, sodass Leandro aufholen kann und ihn direkt am Pool zu Fall bringt.

Er dreht ihn zu sich um und hält ihm die Waffe an den Kopf. Beide sind außer Atem. Als der Mann Leandro direkt in die Augen sieht, erkennt er, dass es kein Mexikaner ist. »Wer seid ihr, gehört ihr nicht zur Mara Nuestra?«

Der Mann sieht ihn ebenfalls verwundert an. »Bist du nicht der Sohn von dem Surena-Anführer? Was macht ihr hier? Das ist jetzt das Gebiet der Nuestra!« Leandro schlägt ihm mit der Waffe ins Gesicht. »War es nie und wird es nie, was habt ihr hier zu suchen?« Er blickt auf die Plaka auf seiner Hand.

GM, sie sagt ihm nichts, aber der Mann scheint seinen Vater zu kennen. »Was sucht ihr hier?«

Leandro hat keine Geduld mehr. Der Mann lacht nur dreckig. Leandro zieht ihn weiter nach vorne, um seinen Kopf in den Pool zu drücken. Erst als der Mann mit den Beinen zu strampeln beginnt, lässt er ihn wieder aus dem Wasser hoch. »Was sucht ihr hier?«

Der Mann holt tief Luft, dann drückt Leandro ihn wieder ins Wasser, dieses Mal nicht so lange. Als der Mann wieder Luft holt, beginnt er sofort panisch zu reden.

»Wir haben heute Mittag einen Anruf bekommen von Gallardo, wir hatten in den letzten Monaten mit ihm Geschäfte gemacht und schulden ihn noch Geld. Er meinte, er ist nicht in Sierra, hat aber gehört, es würden sich Fremde dort herumtreiben. Wir sollten in dem Haus hier und in seinem nachsehen und jeden, der nicht zu seiner Familie gehört und den wir antreffen beseitigen. Das war's, keiner von uns wusste, dass ihr zurück seid, sonst wären wir niemals so verrückt herzukommen!«

Leandro lässt den Griff an dem Mann etwas lockerer. »Habt ihr welche zu seinem Haus geschickt?« Der Mann schüttelt den Kopf. »Nein, da wollten wir als nächstes hin!« Sami kommt angerannt, um zu sehen, ob Leandro klarkommt. »Ruf bei Kasim an, frag, ob alles in Ordnung ist!«

Sami geht zurück. »Beeil dich, Nesto hat Schmerzen, er muss sofort zu einem Arzt.« Leandro sieht den Mann an.

»Hau ab und komm nicht wieder her!« Der Mann blickt ihn verwundert an, fast schon schockiert. »Du bist ja doch nicht wie dein Vater!« Leandro steht auf und wirft ihm einen strengen Blick zu.

»Wir sind fertig mit deiner Familia, wenn du es nicht glaubst, vielleicht dann, wenn du die Überreste der anderen einsammelst. Sage allen, dass die Surentos, die Surenas und die Puntos zurück sind!«

Der Mann lacht. »Du hast noch nie jemanden getötet, oder? Ich hab's dir gleich angesehen. Ich meine nicht, jemanden getroffen, jemanden aus der Ferne erschossen. Von Angesicht zu Angesicht, das ist etwas ganz anderes, oder? Ich glaub's nicht!«

Er lacht weiter, lacht ihn aus. Leandro würde es ignorieren, er braucht niemandem etwas zu beweisen, doch gleichzeitig sieht er, wie der Mann versucht, unauffällig etwas aus seiner Hosentasche zu ziehen. Er wollte es nicht, doch jetzt hebt er die Waffe, sieht dem Mann in die Augen und drückt ab, bevor dieser eine weitere Waffe ziehen kann.

»Es gibt immer ein erstes Mal!«

Er sieht, wie der Mann zurück in den Pool fällt und steckt sich die Waffe zurück in den Hosenbund.

Leandro geht zurück nach vorne, alle hocken bei Nesto und Ramirez. Überall liegen Männer herum, überall ist Blut, Leandro ist voller Blut. Er bemerkt, wie blass Nesto's Gesicht ist, Schweiß bildet sich auf seiner Stirn. »Bei Gallardo im Haus ist alles ruhig.« Sami und Sanchez heben Nesto an und tragen ihn ins Auto.

»Bringt ihn zu Frau Anoltzas, die anderen und ich kümmern uns hier um die Sauerei, danach bringen wir Ramirez zum Padre.«

Leandro nickt Avilio zu, er ist momentan nicht in der Lage etwas zu sagen und froh, als Sami sich ans Steuer setzt und zum Haus der Ärztin fährt, die sich schon immer um ihre Familias gekümmert hat.

Er hält den Kopf von Nesto auf seinem Bein, der die Zähne auf die Lippen beißt. »Wir sind gleich da.« Leandro blickt ihm in die Augen und er sieht darin den Schmerz. Es ist für sie alle das erste Mal, dass sie in so eine Schießerei geraten sind, das allererste Mal, dass sie mitten im Geschehen waren und nicht mehr nachdenken konnten, sondern handeln mussten. Das erste Mal, dass sie so viele Leute getötet haben, das erste Mal, dass Leandro jemanden von Angesicht zu Angesicht getötet hat.

Wie oft hat er sich das vorgestellt, wie oft gedacht, wie es wohl sein wird, das erste Mal nicht mehr nur davon zu hören, sondern für die Familia zu kämpfen. Einen Kampf zu führen, wo keiner den anderen verschont, wo es heißt, sie oder ich. Er hatte es sich so anders vorgestellt, als es sich jetzt anfühlt. Er sieht auch in den Gesichtern der anderen, dass sie sich so fühlen.

Als sein Blick im Rückspiegel den von Sami trifft, sieht er ihn besorgt an. »Wie geht es deinem Arm?« Leandro blickt zu Nesto. »Mir geht's gut, fahr schneller, er hat Schmerzen!«

Als sie am Haus der Ärztin ankommen, geht gerade die Sonne auf, sie tragen Nesto zum Haus und schon nach zweimal klingeln öffnet ihnen die alte Frau, die ihren Familien schon so oft geholfen hat. »Ich habe schon gehört, dass ihr wieder da seid. Meine Güte, Nesto, was hast du denn getan?« Sie bringt sie in den hinteren Teil ihres Hauses, in dem ihre Praxis ist. Sie ist sehr gut ausgestattet und mit allem was man braucht eingerichtet, dafür haben die Familias gesorgt.

Frau Anoltzas macht sich gleich an die Arbeit, sie schneidet seine Hose auf und gibt ihm eine Spritze gegen die Schmerzen. Jetzt erst sehen auch sie, wie die Wunde richtig aussieht.

Es ist eine tiefe, blutende Wunde, und wenn es nur halb so schmerzt wie es aussieht, muss es die Hölle sein. Frau Anoltzas macht einige Untersuchungen, sie weiß genau, was sie tut und scheut vor nichts zurück. Leandro will gar nicht wissen, was sie schon alles über die Jahre gesehen hat.

Plötzlich kommt eine junge Frau herein. Man erkennt sofort, dass es die Tochter der Ärztin ist, sofort geht sie ihrer Mutter zur Hand. Sie sieht einen Augenblick zu Sami, Sanchez und Leandro, die einfach nur hilflos danebenstehen, da sie nichts tun können.

»Zum Glück bilde ich gerade meine Tochter aus, als hätte ich geahnt, dass ihr euren Vätern in nichts nachsteht.« Die junge Frau wird rot im Gesicht. Sie benutzt weder Schminke noch sonst etwas, ihre Haare sind streng nach hinten gebunden, für sie wird es das erste Mal sein, Männer wie sie zu sehen. Es ist offensichtlich, dass sie aus gutem Hause kommt.

Auf Sanchez bleibt ihr Blick etwas länger haften. Leandro merkt, wie sein Cousin sie anstarrt und tritt ihm unauffällig mit dem Fuß, damit er das in dieser Situation lässt. Das Mädchen sieht schnell verschämt weg.

Frau Anoltzas beendet ihre Untersuchung. »Du hast Glück, Nesto, es ist nichts weiter getroffen, die Wunde wird sich wieder schließen. Du wirst ungefähr einen Monat etwas Schmerzen beim Laufen haben, aber dann wird alles wie vorher, du musst die Wunde aber desinfizieren und sauber halten und nicht so viel belasten. Aber für all das muss ich jetzt erst einmal die Kugel entfernen und das wird wehtun, die Schmerzmittel wirken noch nicht ganz, aber sie muss jetzt raus!«

Nesto nickt nur, was hat er auch für eine Wahl. Die Ärztin sieht zu ihnen. »Kommt her, ihr müsst ihn festhalten!« Sie verteilen sich um Nesto und halten ihn, während die Ärztin mit einem dünnen Gegenstand in der Wunde herumstochert. Nesto versucht sie zwar davon abzuhalten, doch kein Mucks kommt aus seinem Mund, auch wenn man in seinen Augen den Schmerz sieht. Sie verstärken ihren Griff um ihn und lassen erst los, als die Ärztin die Kugel hat und zufrieden hochhält. »Sie werden immer kleiner!«, flucht sie und legt sie auf ein Tablett, dann beginnt sie die Wunde zu säubern.

Leandro fühlt sich, als hätte er einen Monat nicht geschlafen. Er ist erschöpft. Kasim ruft ihn an, zum Glück ist bei ihnen weiter alles ruhig. Er ist froh, dass nicht alle das miterleben mussten, auch wenn ihm klar ist, dass sie es so oder so irgendwann mitmachen müssen.

»Nun zu dir!«

Die Ärztin deutet ihm, sich auf eine weitere Liege zu setzen, während ihre Tochter Nesto einen Verband um den Schenkel wickelt. Leandro winkt ab. »Mir fehlt nichts«. Die Ärztin lacht. »Ganz der Vater!«

Sie duldet keine Widerrede, also setzt sich Leandro und zieht sein Shirt aus. Es ist eh voller Blut, alles ist voller Blut, seine Hände, seine Hose, er hat sogar die Blutspritzer des Mannes auf seiner Haut, den er selbst getötet hat. Jetzt sieht auch er die Verletzung an seinem Arm genauer. Über seinen Muskeln ist eine Wunde, doch sie ist anders als die von Nesto. Sie blutet zwar stark, ist jedoch nicht tief, sondern nur oberflächlich. »Das ist nur ein Streifschuss.«

Sie desinfiziert die Wunde und legt auch ihm einen Verband um, dann wendet sie sich noch einmal an alle. »Säubert die Wunden, belastet sie nicht und wenn ihr, wie es scheint, genau wie eure Väter seid, werdet ihr das eh nicht tun, versucht dann wenigstens den Verband umzubehalten, damit kein neuer Schmutz an die Wunde gelangt. Ich komme noch einmal um nach euch sehen, wo lebt ihr jetzt?«

Sami kratzt sich am Kopf. »Gerade noch in dem Haus von diesem Gallardo, wir warten, dass er wiederkommt!« Man sieht der Ärztin an, dass sie das nicht gutheißt, doch sie hat die Jahre sicherlich aufgegeben, etwas dazu zu sagen und erklärt, dass sie am

Abend noch einmal zu ihnen kommt und die Verbände wechselt, da man das am Anfang oft tun muss.

Sami stützt Nesto bis zum Auto. Man merkt, dass es ihm nach dem Arztbesuch schon viel besser geht. Die Schmerzmittel beginnen zu wirken. Sie fahren zum Padre, wo sie auf Avilio und die anderen treffen, die Ramirez zu ihm gebracht haben. Alle stellen sich um ihn herum, als ihm der Padre die letzte Segnung gibt. Auch wenn der alte Mann noch schwach auf den Beinen ist, lässt er es sich nicht nehmen, die Prozedur gewissenhaft zu zelebrieren.

Ramirez hat keine Familie. Sie, die Familias, waren immer alles was er hatte. Was auch passieren mag, sie kümmern sich darum, dass er seinen letzten Frieden findet. Normalerweise dauert es ein paar Tage, doch sie beerdigen ihn sofort auf dem Friedhof, wo auch alle anderen Mitglieder der Familia liegen. Es ist niemand weiter zur Stelle. Sie würden es auch gar nicht zulassen, dass jemand anderes als sie ihn begraben.

Als sie danach vor dem Haufen Sand stehen und auf das provisorische Kreuz blicken, worauf sein Name geschrieben ist, bis ein richtiger Gedenkstein an ihn erinnert, spricht der Padre ein letztes Gebet für ihn. Er bittet Gott, Ramirez seine Sünden zu vergeben und seine Seele zu sich zu nehmen. Leandro und die anderen beten für ihn.

Leandro erinnert sich daran, wie Ramirez das Käppi, was Sami heute getragen hat, seinen Cousin unbedingt abschwatzen wollte. Sie hatten sogar mit Karten darum gespielt. Als Sami dieses jetzt abnimmt und über das Kreuz hängt, senken alle noch einmal den Blick.

Die anderen gehen vor zum Auto, Leandro bleibt noch einen Augenblick zurück. Er geht an den Gräbern von Sanchez, Kasim und Sammy vorbei, an den vielen, in denen die Männer der Trez Puntos und der Surenas liegen.

Es gehört dazu, es gehört zu ihrem Leben, doch er weiß nicht, ob er es schaffen wird, sich daran zu gewöhnen. Er fühlt sich beschissen, hilflos. Auf seiner Brust klebt noch immer das Blut seiner Gegner, gemischt mit seinem, dem von Ramirez und Nesto und nun auch der Erde von Ramirez' Grab. Er fragt sich, wie oft nach so einer Sache sein Vater hier gestanden hat, ob man sich an so etwas jemals gewöhnen kann?

Schweigend fahren sie zum Haus von Gallardo, wo sofort Kasim, Rico, Damian und die anderen aus dem Gebäude kommen. Es ist schon später Nachmittag. Leandro will gar nicht wissen, was für ein Bild sie abgeben, doch Kasims Fluchen sagt es in etwa aus.

Sie helfen Nesto herein und schicken die Kinder von der Couch um ihn hinzulegen. Die Haushälterin erscheint. Tränen steigen ihr in die Augen, als sie auf sie blickt. Die anderen machen sich sofort auf den Weg, um Ramirez ebenfalls an seinem Grab die letzte Ehre zu erweisen, während Jayime nur teilnahmslos alles beobachtet.

Die Haushälterin bringt Getränke und Essen, was sie zubereitet hat, doch Leandro winkt ab, er muss erst einmal duschen und alleine sein. Während er die Treppe hinaufgeht, kommt Dania von unten aus ihrem Zimmer herauf. In dem Moment, wo sie ihn erblickt, schlägt sie sich erschrocken die Hand vor den Mund. Ihre dunklen Mandelaugen sehen ihn fragend an.

Leandro reagiert nicht auf sie, er will weiter, doch ihr Blick fällt auf seinem Arm. »Du bist verletzt, dein Verband ist ganz schmutzig, soll ich dir einen ..« Leandro hört ihr nicht zu, er geht nach oben ins Bad. Sobald die Tür hinter ihm zu ist, reißt er sich den Verband vom Arm.

Er kann seine Gefühle nicht einordnen, es ist zu gewaltig, was alles über ihn einbricht. Wut, Trauer, Ekel, Hass und einfach nur Erschöpfung. Er sieht in den Spiegel, das ganze Blut an seinem Körper, seines, das seiner Leute, das der anderen. In seinem Gesicht sind Schrammen, er weiß nicht einmal, wann er sich die geholt hat, es ist am Ende auch egal.

Übelkeit überkommt ihn. Er denkt an den Augenblick, wo er abgedrückt und den Mann erschossen hat, wie sein Blut auf ihn gespritzt ist und er zurück in den Pool gefallen ist, wie er den leblosen Ramirez im Arm hielt und die Ärztin Nesto die Kugel entfernt hat.

Leandro stürzt zur Toilette und übergibt sich.

Es befreit ihn, als würde er den ganzen Mist der vergangen Nacht und der letzten Stunden wieder loswerden, auch wenn es ihn beschämt, so schwach zu reagieren. Erschöpft lehnt er danach seinen Kopf an die Fliesen, bevor er sich seiner Kleidung entledigt und unter die Dusche geht. Dort gelingt es ihm, wieder etwas klar im Kopf zu werden.

Er liebt seine Familie, seine Familia, er ist dazu geboren diese anzuführen. Auch wenn ihm diese erste harte Erfahrung zugesetzt hat, als er nach der Dusche in den Spiegel sieht, weiß er, dass dies ein Teil des Lebens ist, woran er sich gewöhnen muss, es gehört dazu, ob es ihm gefällt oder nicht.

Kapitel 16

Leandro lässt sich Zeit, zurück zu den anderen zu gehen.
Als er in das Wohnzimmer kommt, liegen Sanchez und Nesto auf der Couch und schlafen, während Damian daneben sitzt und ihn ansieht. »Alles klar bei dir?« Leandro nickt. »Natürlich!« Um weiteren Fragen aus dem Weg zu gehen, läuft er in den Garten zu denjenigen, die draußen sitzen und die Straße beobachten, Damian folgt ihm.
»Gallardo hat sie geschickt, der Feigling. Anstatt selbst zu kommen, wollte er andere die Drecksarbeit erledigen lassen und dann als Held wieder in die Stadt einziehen. Fragt sich, wann er mitbekommt, dass sein Plan nicht funktioniert hat.«
Dine schüttelt den Kopf. »Ich weiß nicht, ob er noch einmal zurückkommt, ich kann es mir mittlerweile nicht mehr vorstellen. Er weiß offensichtlich, mit wem er es hier zu tun hat.« Damian zeigt ins Haus. »Aber es ist genug hier, was ihn zum Zurückkommen bewegen sollte.« Dine lacht leise auf. »Das wäre für ihn kein Grund. Was ihn nicht zur Ruhe kommen lassen würde, wäre das Geld, mehr nicht.«
Leandro sieht auf die Straße hinaus. Was für ein Feigling Gallardo auch sein mag, er kann sich nicht vorstellen, dass ein Mann nicht seiner eigenen Frau und seinen Kindern zu Hilfe kommt.
Er geht in die Küche, wo Dania gerade etwas zum Essen zubereitet. Auch die Haushälterin steht da und übergibt Leandro einen Teller von ihrem Essen. »Wieso kochst du, es gibt Essen!« Dania zuckt die Schultern. »Ich soll Jayime Essen machen, sie hat Langeweile, also will sie mich beschäftigen.«
Dania sieht zu Leandro. »Wie geht es deinem Arm? Solltest du da nicht wieder einen neuen Verband raufmachen?« Sie blickt zu der Stelle, Leandro ist nur in Jeans, ohne Shirt und die Wunde liegt frei.

»Jayime?« Dania sieht ihn panisch an. »Was hast du vor? Mach das bitte nicht!« Leandro geht weder auf ihre Fragen noch auf ihre Bitten ein. »Jayime?«

Es dauert einige Minuten, bis die Frau von Galladro gelangweilt im Morgenmantel und mit offensichtlich nichts darunter in der Küche erscheint. »Oh, ein Kriegsheld!« Sie sieht zu seiner Wunde. Leandro deutet auf Dania. »Hast du Hunger? Koch für dich selber, ab sofort wird Dania nicht mehr deine Sklavin spielen, wenn es dir nicht passt, beschwere dich bei mir darüber, ich verbiete ihr ab sofort in der Küche zu sein.«

Jayime lacht. »Sie tut das gerne für mich, oder Dania?« Die Mutter sieht ihre Tochter fragend an, doch Leandro lässt die Antwort gar nicht zu. »Das ist mir egal, sie hat hier in der Küche nichts mehr verloren, also viel Spaß beim Kochen.« Er zückt seine Waffe und deutet Dania an, die Küche zu verlassen.

Die Haushälterin, die das Ganze beobachtet, muss sich ein Lachen verkneifen. Als Jayime ebenfalls sauer die Küche verlassen will, deutet er ihr unmissverständlich an, in der Küche zu bleiben. »Du hast doch Hunger, also mach dir etwas!« Ohne eine Antwort abzuwarten schließt er die Tür hinter sich.

Dania steht angespannt da. »Wieso tust du das? Weißt du, was du da angerichtet hast? Sie wird ihre Wut an mir auslassen.« Leandro schüttelt den Kopf. »Nein, wird sie nicht, ich bin da, ich werde das nicht zulassen.« Dania wendet sich ab und will gehen. »Ja jetzt, aber was ist mit morgen oder übermorgen?«

Leandro will sie nicht gehen lassen, er will endlich erfahren, was hier los ist. Er hat ihr gutes Herz auch trotz ihres zickigen Verhaltens ihm gegenüber längst durchschaut und nutzt diesen Vorteil aus, um sie bei sich zu behalten. »Wo finde ich hier Verbandszeug?«

Auch wenn Dania sauer auf ihn ist, wusste er, dass sie reagieren würde. Sie bringt ihn am Haus vorbei in eine Garage, in der neben weiteren Autos auch Sportgeräte stehen, die aber anscheinend noch niemand genutzt hat. Sie geht an einen großen Erste-Hilfe-Schrank und holt einige Verbandssachen heraus. Als sie ihm gekonnt den Verband umlegt, nutzt er die Gelegenheit. »Hast du das in der Schule gelernt, oder woher kannst du das so gut?«

Dania lächelt matt. Es freut Leandro, dass sie keine Berührungsängste ihm gegenüber hat. »Nein, ich musste oft die Männer verarzten.«

Unverkennbar, dass ihr das Geständnis unangenehm ist. »Du scheinst dir aber viel Mühe zu geben in der Uni, wenn ich das richtig gesehen habe.« Dania wird etwas rot. »Es ist eine Möglichkeit für mich hier herauszukommen, und ich habe nichts anderes als das Lernen.« Leandro ist auf dem richtigen Weg. »Ich merke ja das hier einiges nicht stimmt, ich verstehe nur nicht wieso?«

Dania lächelt, sie ist fertig mit dem Verbinden und beide setzten sich auf eine Bank vor der Garage. Von hier sieht man auch auf den Weg, auf dem man zum Haus kommen muss und kann fast auf ganz Sierra blicken.

Wenn Leandro daran denkt, dass Gallardo hier gesessen und seinen Ruhm genossen hat, den er nicht einmal verdient hat, könnte er alles in Stücke schlagen, doch er lehnt seinen Kopf zurück und konzentriert sich auf Dania.

Sie scheint sich auch etwas zu entspannen und sieht auf die Stadt hinunter. »Sie hassen mich hier, sie alle hassen mich. Vielleicht habe ich es auch nicht anders verdient. Irgendwann habe ich aufgehört darüber nachzudenken und einfach angefangen, damit zu leben.« Leandro kann nur noch den Kopf schütteln. »Ich verstehe das nicht, sie ist doch deine Mutter, wie kann sie dich nur so behandeln?«

Dania dreht sich zu ihm um, ihre Augen blitzen ihn wieder wütend an. Leandro würde ihr gerne sagen, wie schön sie so aussieht, doch er befürchtet, dass sie ihn dann umbringen wird.

»Sie ist nicht meine Mutter, sag das nie wieder!

Sie will nicht, dass es jemand erfährt, weil sie nicht möchte, dass darüber geredet wird, aber glaube mir, diese Frau ist niemals meine Mutter oder etwas ähnliches gewesen.« Leandro versteht gar nichts mehr. »Wieso bist du dann hier? Ich verstehe das alles nicht.«

Dania sieht wieder hinaus zur Stadt. »Ich weiß gar nicht mehr, wie alt ich war, als all das passiert ist. Vielleicht fünf oder sechs, wir waren glücklich in Mexiko, zumindest kam mir das immer so vor. Mein Vater war oft weg, wir hatten auch nicht viel Geld, doch ich war glücklich mit meiner Mutter.

Sie war so eine tolle Frau. Ich kann mich noch erinnern, wie sie mir jeden Morgen die Haare gekämmt hat und ich danach ihre. Wir haben an einem Wald gelebt und sind jeden Tag runter in die Stadt, dort haben wir eingekauft oder die Wäsche gewaschen, meine Mutter hat sich mit den Frauen unterhalten und ich mit den anderen Kindern gespielt. Wenn wir zurückgegangen sind, haben meine Mutter und ich immer Fangen gespielt.«

Sie bricht ab und sieht zu Leandro, vielleicht denkt sie, ihn langweilen ihre Erzählungen.

»Und dann? Erzähle es mir.«

Dania fährt weiter fort, sie schämt sich scheinbar ihn dabei anzusehen. »Ich habe meine Mutter sehr geliebt und sie mich auch, das weiß ich genau. Von einem Tag auf den anderen wurde alles anders. Mein Vater war wieder lange weg und eines Nachts wurde ich wach. Ich stand auf, weil ich ihn hörte. Manchmal, wenn er wiedergekommen ist, hat er mir Sachen mitgebracht, also bin ich schnell ins Wohnzimmer gelaufen.

Aber dieses Mal war er nicht allein, er hatte Jayime dabei. Als ich hereinkam, habe ich nicht verstanden, was da passierte, meine Mutter lag auf dem Boden und flehte meinen Vater an. Ich weiß noch, wie sie ihn anbettelte, das nicht zu tun und dass sie ohne ihre Tochter nicht leben kann.

Ich wollte lachen. Ich dachte, sie machen Spaß und bin zu meiner Mutter hin, um ihr zu sagen, dass ich doch da bin, doch mein

Vater schlug sie von seinen Beinen weg. Er packte sie und zerrte sie vor die Haustür, Jayime stand nur dabei und hat gelacht.

Ich bin hinterher und hielt meinen Vater am Bein fest, sagte ihm, er soll meine Mutter loslassen, doch er schubste sie vor die Tür.

Er nahm mich hoch und sagte ihr, dass, wenn sie wiederkommen würde, er mich töten würde. Ich weiß noch, wie sehr ich geweint und geschrien habe, als ich gesehen habe, wie meine Mutter verzweifelt in den Wald gekrochen ist.

Als mein Vater mich zurück ins Haus brachte, hat sich Jayime zu mir gebeugt und mir gesagt, dass sie nun meine neue Mutter sei und wollte mich küssen, doch ich bin rauf auf mein Zimmer und habe aus dem Fenster gesehen.

Drei Tage lang, ich habe nicht aufgehört hinaus zu starren.

In unserem Wald gab es viele Wölfe und gefährliche Tiere, niemand ging nachts in den Wald, doch ich dachte, dass meine Mutter jede Minute wiederkommen und mich holen würde. Bis dann ein Waldarbeiter bei uns geklingelt hat, er hat gesagt, dass sie eine Frauenleiche gefunden haben und dass wir gucken sollten, ob es sich um meine Mutter handelt, weil ein Arbeiter sie erkannt hat. Mein Vater war nicht da, also ging Jayime und nahm mich mit.

Als wir ankamen, hat sie mich gezwungen die zerschundene Leiche meiner Mutter anzusehen, sie hat mir auf dem ganzen Nachhauseweg eingeredet, dass ich nun keine Mutter mehr habe und ihr gehorchen muss. Ich habe sie nach der Uhrzeit gefragt, seit dem Tag bete ich jeden Tag um diese Uhrzeit zu meiner Mutter, das ist das Einzige, was ich noch tun kann.

Ich habe keine Bilder, keine Kleidungsstücke von ihr, nichts, Jayime hat alles vernichtet. Nur das Gebet bindet mich an sie, ich weiß, dass sie es sich anhört.

Am Anfang haben mich alle in Ruhe gelassen. Jayime hat eine Zeitlang versucht, vor meinem Vater so zu tun, als würde sie mich mögen, doch sobald sie schwanger war, hat sie das nicht einmal mehr probiert und mich angefangen zu schlagen.

Sie hat mir immer gezeigt, wie sehr sie mich hasst, weil ich sie an meine Mutter erinnere. Mein Vater hat nie etwas dazu gesagt, für ihn waren nur die neue Frau und sein Sohn wichtig. Je älter ich wurde, umso schlimmer wurde es, ich wollte oft flüchten, doch es hat keinen Sinn, ich habe ja nicht einmal etwas, wohin ich hätte gehen können.

Wir haben dann schnell Mexiko verlassen. Lange waren wir nur unterwegs, haben einen Monat da gelebt, einen da. Am Anfang habe ich mich an meinen Vater gehängt, er hat mich zwar nie geschlagen oder schlecht behandelt, doch er hat auch Jayime nicht daran gehindert es zu tun.

Es war ihm einfach egal, ich bin ihm egal. Je älter ich wurde, umso mehr habe ich gesehen, was für ein Tier er ist, er ist schon lange nicht mehr mein Vater. Von dem Zeitpunkt an, wo ich angefangen habe, ihn mit anderen Augen zu sehen, hat auch er angefangen mich zu für alles zu bestrafen, was passiert.

Ich habe sogar Schuld, wenn irgendwo im Haus etwas kaputt geht, ich weiß nicht, was ich tun soll, damit ich es ihnen recht machen kann. Ich habe sie irgendwann gebeten mich in ein Kloster zu lassen, ich würde meine Ruhe haben und ihnen nicht mehr zur Last fallen. Doch mein Vater dachte nicht daran, er wollte nicht, dass die Leute denken, er würde sich nicht um sein Kind kümmern. Das er das nie getan hat, ist ihm scheinbar egal.«

Leandro konnte sich nicht vorstellen, was in der Familie passiert sein muss, doch das es so schlimm ist, hätte er auch nicht gedacht.

»Hast du niemand anderen, Omas, Tanten?« Dania schüttelt den Kopf. »Ich habe einmal zufällig mitbekommen, dass mein Vater einem seiner Männer erzählt hat, er hat meine Mutter von ihrem Vater damals für ein paar Dollar bekommen, ihr Vater war arm und brauchte das Geld und hatte nur meine Mutter.

Mein Vater hat keine Familie weiter. Einen Bruder hatte er, den hat er damals vor meinen Augen erschossen, beide waren betrunken und er hatte einen Witz gemacht, der meinem Vater nicht gepasst hat.«

Leandro setzt sich wieder auf. »Ich weiß nicht, was ich dazu sagen soll, es tut mir unheimlich leid, was dir alles passiert ist.«

Dania sieht zu ihm. »Du hast heute auch jemanden erschossen oder? Ich habe es dir angesehen und auch, dass es dich quält.« Sie war sehr ehrlich und offen zu ihm, also will er es auch zu ihr sein. »Es war nicht wirklich das erste Mal, aber das erste Mal, dass es von Angesicht zu Angesicht passiert ist. Es ist ein merkwürdiges Gefühl, ich hätte es mir nicht so schlimm vorgestellt.«

Sie lacht leise auf. »Wie soll man sich so etwas vorstellen?« Leandro fasst sich an die Schulter. »Das ist der Grund, wieso du so sauer auf uns reagiert hast, oder? Weil du weißt, dass wir auch eine Familia sind.«

Dania seufzt genervt auf. »Ich habe es schon in der Kirche gesehen, ich erkenne das aus hundert Metern Entfernung, aber erst jetzt so langsam erkenne ich, dass ihr trotzdem anders seid.« Leandro will nicht, dass sie sich falsche Vorstellungen macht. »Wir sind nicht solche Feiglinge wie dein Vater, aber wir sind eine Familia, das siehst du doch, wir sind keine Heiligen.«

Dania lächelt ihn an. »Denkst du, du hast heute eine Sünde begangen?« Leandro nickt. »Ja und ich weiß, es wird nicht meine letzte sein!« Das ist eine Tatsache, mit der er sich abfinden muss.

Dania scheint nicht locker lassen zu wollen, sie merkt, dass es Leandro auf der Seele lastet. »Weißt du, so ist euer Leben. Dine hat mir etwas von euch erzählt, er ist selber erstaunt, wie ihr seid, wir sind es ganz anders gewohnt.

Wenn ihr wohin kommt wie heute und dort Männer sind, die euch töten wollen, euch angreifen und ihr sie erschießt, ist das niemandem vorzuwerfen.

Wenn jetzt jemand hierher kommt und mich töten will und ich habe eine Waffe, würde ich ihn töten, bevor er es tut, das ist eine normale menschliche Handlung. Hättest du den Mann getötet, wenn er dich nicht hätte töten wollen?

Hättet ihr die Männer getötet, wenn sie euch gesagt hätten, dass sie nicht vorhaben euch anzugreifen? Dine und die anderen Männer habt ihr auch verschont.« Leandro weiß, worauf sie hinaus will, doch es so zu sehen, ist zu einfach.

»Töten ist Töten, ich werde erst gar nicht anfangen es mir schön zu reden, doch es ist auch einfach etwas, was dazugehört in einer Familia.« Dania schnauft leise auf, wieder blickt sie sauer zu ihm.

Dieses Mal muss Leandro lächeln. »Töten oder getötet werden ist etwas ganz anderes, als was andere machen. Ihr missbraucht eure Macht nicht dazu andere zu unterdrücken. Weißt du, was ein Mord ist, was wirkliches Töten ist?

Ich habe es gesehen, wenn mein Vater und seine Männer Langeweile hatten. Wenn wir unterwegs waren, in anderen Städten, haben sie sich manchmal einen Spaß daraus gemacht, auf Menschen aus dem Auto zu schießen.

Einfach so, ohne Grund haben sie einen alten Mann beim Arbeiten auf dem Feld angeschossen, zugesehen, wie er humpelnd weggerannt ist, bis sie ihm in den Rücken geschossen und ganz zu Boden gebracht haben. Ich werde nie vergessen, wie sie sich amüsiert haben.

Ich werde nie vergessen, wie sie einen jungen Mann erschossen haben, weil sie seine Freundin attraktiv fanden. Ich habe nicht gesehen, was sie mit ihr gemacht haben, ich musste im Auto bleiben. Doch auch wenn ich erst zehn war, trage ich Mitschuld an diesen Morden, weil ich sie nicht verhindert habe.«

Leandro schüttelt den Kopf, er hätte nicht gedacht, dass Gallardo in seinen Augen noch tiefer sinken kann als so schon, doch Dania scheint noch so viel mehr auf dem Herzen zu haben.

»Nein, du trägst keine Mitschuld. Was hättest du tun können, du warst noch ein Kind? Selbst jetzt hättest du es nicht verhindern können.« Dania nickt. »Das sage ich mir auch immer, aber ich werde diese Bilder nicht vergessen und das Gefühl, nichts getan zu haben. Ihr seid anders. Das, was ihr tut, kann man nicht vergleichen mit dem, wie andere Familias sich aufführen. Tötet ihr aus Langeweile?«

Leandro sieht auf die Stadt hinunter. »Nein, wir haben unsere Prinzipien, wir nehmen keine Leute aus, wir arbeiten nur mit Geschäftsmännern und handeln mit unserer Ware. Dass jemand unschuldig oder einfach so getötet wurde, ist noch nie passiert, es ist immer wie heute, sie oder wir.«

Dania steht auf. »Du solltest es nicht zu leicht nehmen, aber wie ich es gesagt habe, wenn es heißt ich oder andere, dann würde ich auch zielen, das liegt in der Natur der Menschen.«

Sie geht vor zum Haus. Leandro will noch nicht, dass ihr Gespräch endet, sie offensichtlich schon.

Kapitel 17

»Warte, bleib lieber bei mir im Garten, nicht dass du Jayime alleine begegnest.«

Rico sitzt mit vier anderen am Tisch und spielt Karten, als sie auf die Terrasse kommen und Leandro Dania bittet, bei ihm zu bleiben.

»Wie lange warten wir noch? Ich denke langsam auch nicht mehr, dass er auftaucht. Sieh doch, wie ein Hund hat er andere geschickt, als würde er sich noch blicken lassen.«

Leandro setzt sich zu ihm, während sich Dania auf die Hollywoodschaukel legt und die Augen schließt. »Lasst uns noch bis morgen warten. Wenn sich nichts tut, legen wir das Haus in Schutt und Asche, wir werden ihn eh bemerken wenn er sich noch einmal zurück wagt.« Nesto stimmt von drinnen laut zu. »Lasst uns bloß hier verschwinden.«

Sie vertreiben sich den Abend mit Kartenspielen, Dania schläft tief und fest auf der Hollywoodschaukel. Seine Cousins scheinen zu merken, dass Leandro sie mag, irgendwann legt Sami ihr eine Decke über, als es kühler wird.

Die Ärztin kommt vorbei und sieht sich noch einmal ihre Wunden an. Als Sanchez etwas enttäuscht nach ihrer Tochter fragt, sehen ihn alle verwundert an, aber keiner sagt etwas. Es wird daran liegen, dass er zu lange keinen Spaß mehr hatte, dass er jetzt auf alles reagiert, was weiblich ist.

Leandro bleibt im Garten, er hat ein ungutes Gefühl im Bauch, er kann nicht beschreiben wieso oder was er fühlt, es ist einfach da. Auch als die anderen aufstehen und sagen, er soll sich hinlegen und ausruhen, bleibt er im Garten. Er legt sich auf einen Klappstuhl und versucht wach zu bleiben. Sein Blick verweilt auf der schlafenden Dania. Was passiert mit ihr, wenn all das hier vorbei ist?

Die Dunkelheit und die Müdigkeit überwältigen ihn aber irgendwann, er schläft und wird erst wieder wach, als er bemerkt, wie es um ihn herum unruhig wird.

Damian und die anderen stehen, sie sehen auf den Weg, woher die Autos kommen müssen. Leandro ist sofort hellwach. »Was ist los?« Damian hält schon seine Waffe in der Hand, Leandro zieht seine ebenfalls. »Da war was, keine Ahnung was, aber wir haben etwas gehört!«

Alle sind leise und sehen zur Straße, Sanchez und Sami kommen von drinnen weil sie die Anspannung auch gespürt haben. Leandro konzentriert sich auf die Einfahrt, es ist so dunkel, man erkennt kaum etwas. Einer der Puntos geht an die Bergabhänge und sieht von da hinunter.

Plötzlich ertönt ein Schuss und er geht zu Boden. »Sie sind da, macht alle wach!« Leandro schreit zu Rico, der gerade zu ihnen stoßen will. »Was ist los?« Leandro blickt zu Dania, die noch immer auf der Hollywoodschaukel liegt und durch den Schuss wach geworden ist. »Duck dich und komm her, schnell!«

Sie sehen noch immer niemanden, der Schuss ist als einziges gefallen, doch ohne Vorwarnung beginnt auf einmal ein Kugelhagel auf sie. Leandro duckt sich, er sieht, wie neben ihm Damian den Tisch umwirft und sich mit Sanchez dahinter Schutz sucht. Dann erkennen sie Schatten, die von den Bergen zu ihnen hinaufschleichen.

»Diese hinterhältigen Bastarde!« Sami schießt zurück und sie eröffnen auch das Feuer. Neben dem Mann der Puntos, der ganz vorne am Abhang liegt, ist durch den zweiten Beschuss auch Avilio am Boden. Leandro ruft ihm zu, er soll sich ins Haus schleppen, was er dann auch mühevoll macht. In dem Moment kommt der Rest aus dem Haus gestürmt.

Leandro sieht zu Dania, die noch immer bei der Hollywoodschaukel hockt und sich panisch die Ohren zuhält. Ohne zu zögern rennt Leandro zu ihr, bückt sich und zieht sie in seine

Arme. Er schießt gleichzeitig in die Richtung, aus der die Schüsse kommen und zieht Dania zum Haus.

»Wir sehen nichts, wir schießen ins Dunkle!« Rico flucht auf. Leandro kommt eine Idee. Er deutet Damian und zwei Surenas mitzukommen, während er Dania ins Haus bringt, wo die Haushälterin, die Kinder und Jayime verängstigt auf dem Boden liegen. »Geht in den Keller, schnell!« Er rennt mit den Männern die Treppe hinauf und Dine, der sich die ganze Zeit im Hintergrund gehalten hat, folgt ihnen.

»Es gibt eine Lichtanlage für die Abhänge, Gallardo hat sie einbauen lassen.« Dine wendet sich an Leandro, ihre Rettung. »Schalte sie ein, schnell!«

Dine geht in eines der Gästezimmer, während sich Damian und Leandro an das Fenster im Schlafzimmer stellen, von wo aus sie genau auf die Abhänge sehen können. Die anderen beiden Surenas sind ein Zimmer weiter. Nach ein paar Sekunden geht die Lichtanlage an. Sie sehen die kompletten Abhänge und mindestens 20 Männer, die sich zu ihnen bewegen, fünf sind schon da und liefern sich mit Sami und den anderen einen Schusswechsel.

Jetzt können sie alles genau sehen und haben den Vorteil, von oben genau zielen zu können. Es dauert nicht lange und sie haben die ersten Schützen unter Kontrolle gebracht. Sami sieht zu ihnen hinauf und grinst frech zu ihnen. Der erste Vorteil der Angreifer ist jetzt ihr Nachteil.

Dine kommt zu ihnen zurück. »Sind das die Mara Nuestra?« Leandro zeigt aus den Fenster zu den Männern, die noch auf sie zu laufen. »Ja, das sind sie!« Leandro nickt und drückt ihm eine Waffe in die Hand. Er ruft nach unten, dass Kasim und zwei weitere hochkommen und den anderen Teil des Hauses im Auge behalten sollen, wer weiß, wie sie sich verteilen. Er schickt Dine zur anderen Hausseite ans Fenster.

»Ich habe noch niemals geschossen!« Dine sieht unsicher auf die Waffe. »Es gibt immer ein erstes Mal, entweder du oder sie töten dich, also los!« Mit diesen Worten bringt er Dine dazu, auf der anderen Seite Stellung zu beziehen. Kasim und die anderen gesellen sich zu Dine und dass von da bald Schüsse fallen, sagt ihm, dass sie sich verteilt haben und von allen Seiten zum Haus kommen.

Hier am Fenster haben sie einen guten Überblick, sodass sie verhindern können, dass die Männer, die aus den Abhängen zu ihnen laufen, zu nah ans Haus kommen. Auf der anderen Seite scheint es auch so zu gehen.

Aber das Anwesen ist groß, also machen sich Sami und Rico auf, um den Rest des Anwesens zu schützen, während sie die Abhänge im Auge behalten. Natürlich kennen die Mara Nuestra das Grundstück besser und haben den Vorteil, auch irgendwelche Hintereingänge zu benutzen.

Als Glas klirrt und die Frauen im Keller aufschreien, rennen Damian und Leandro sofort los. Er ruft den Surenas zu, sie sollen die Stellung halten und dafür sorgen, dass keiner mehr den Abhang hinaufkommt.

Sie rasen die Treppen hinunter. Als sie unten sind, kommen drei Männer, Dania, die Haushälterin und Jayime vor sich an den Haaren mitziehend, aus dem Raum der Haushälterinnen. Als sie Leandro und Damian entdecken, stellen sie die Frauen vor sich und halten ihnen die Waffen an den Kopf.

»Nicht so schnell, ihr Wichser, legt eure Waffen weg!«

Leandro denkt nicht einmal daran. »Ihr habt da die Frau und die Tochter eures Anführers, wo ist Gallardo?« Der Mann lacht auf. »Der sitzt mit seiner neuen Freundin im Flieger nach Brasilien, er hat uns nur geschickt, um das Geld und seine Kinder zu holen, die beiden sollten wir eh beseitigen!«

Jayime beginnt zu weinen, während Danias Miene starr ist, sie hatte nichts anderes erwartet. »Was für dreckige Feiglinge ihr seid, euer Anführer genauso wie ihr, Frauen als Schutzschild zu benutzen. Wie kommst du darauf, dass uns ihr Leben etwas bedeutet?

Sie sind nur da um euch herzuholen.« Damian lacht auf und hält seine Waffe höher.

»Wir machen das ganz einfach. Wir wissen, dass Dine bei euch ist, lasst uns durch, gebt uns das Geld und die Kleinen. Schlimmstenfalls behaltet die Gören, so wichtig waren sie Gallardo auch nicht, und ihr bekommt eure Stadt wieder. Wir sind hier eh fertig, auch wenn es schade ist.«

Der Mann, der Dania vor sich hält, streicht mit seinem großen schwarzen Bart über Danias Hals und sie beginnt zu zittern. Leandro kann nicht auf ihre Forderungen eingehen, gleichzeitig will er das Leben der Frauen nicht gefährden.

Er weiß für einen Moment nicht, was er tun soll, bis er bemerkt, dass Rico und Sami hinter den Männern auf dem gleichen Weg, wie sie es getan haben, leise zu ihnen schleichen.

Leandro senkt seine Waffe, auch Damian entdeckt die beiden. Sie wollen die Aufmerksamkeit der Männer bei sich behalten. »Lasst die Frauen vorher gehen!« Der Mann will gerade antworten da gehen zwei Schüsse los und zwei von ihnen gehen zu Boden, die beiden, die die Haushälterin und Dania gehalten haben, die sich sofort panisch auf den Boden kauern. Nur noch der Mann, der Jayime hat, steht und sieht nun nach hinten, wo ihn die Kugel von Sami trifft.

»Sie dachten wirklich, sie könnten uns hereinlegen.«

Rico grinst frech, auch Leandro lächelt erleichtert. Die beiden haben ihnen gerade den Arsch gerettet. Das ist es, das ist dieses Gefühl, was er bei seinen Vätern und Onkeln gespürt hat und immer wollte. Das ist die Familia, die ihr Leben für dich geben würde und du deines für sie, auf die du dich blind verlassen kannst und das dies alles ist, was zählt.

Damian, Sami, Rico und Leandro sehen sich einen Augenblick in die Augen, die Trez Surentos.

Sie nehmen die Frauen und gehen nach oben. Jayime holt die beiden Kleinen, nun weiß sie, wie viel Wert ihr Mann auf sie gelegt hat.

Leandro hält einen Moment ein, als Dania zitternd an ihm vorbei will. Er hält ihr Armgelenk fest und zieht sie in seine Arme. »Beruhige dich, das Schlimmste ist vorbei, bleib einfach bei mir, ich lasse nicht zu, dass dir etwas passiert.«

Seine Stimme ist etwas rau, es ist ihm unangenehm so zu sein, doch es fühlt sich richtig an. Sie weint, überall an ihr klebt das Blut des Mannes, der sie festgehalten hat, auch Leandro ist voller Blut, doch er achtet nicht darauf.

Er sieht ihr in die ängstlichen großen braunen Augen und streicht ihre schwarzen Locken zur Seite, bis sie sich in seinem Blick beruhigt und er das Vertrauen, dass er sie schützen wird, darin sieht. Dann gibt er ihr einen Kuss auf die Stirn und zieht sie hinter sich, als er wieder in das Wohnzimmer geht, von dem man auf die Terrasse gucken kann.

»Es ist ruhig geworden.« Die Männer der Puntos sehen auf die Abhänge. »Alles klar?« Leandro schreit nach oben zu den Surenas, die den Daumen heben. »Es ist keiner mehr da.« Sie haben den weitesten Blick. Sie gehen ums Haus herum, wo Kasim lachend am Fenster mit Dine steht, der geschockt auf seine Waffe sieht, offensichtlich hat er sein erstes Mal gehabt. Auch bei ihnen ist niemand mehr und sie kommen zu ihnen hinunter.

Leandro geht mit Sami, Kasim, Rico, Sanchez und Damian zu den Abhängen und sieht auf die Männer der Mara Nuestra, die vor ihnen am Boden liegen. Nesto musste die ganze Zeit auf dem Sofa bleiben wegen seines Beines und flucht vor sich hin.

Gallardo hat nichts zurückbekommen, nicht die Stadt, kein Geld und keiner seiner Männer wird zurückkehren. Zufrieden wischt sich Leandro über das Gesicht, dieses Mal ignoriert er das Blut an sich, es war nicht zu vermeiden.

Er sieht auf Sierra hinunter und in die zufriedenen Gesichter seiner Cousins. Sie haben es geschafft, sie haben den ersten Teil hinter sich, die Stadt gehört wieder ihnen. Jetzt können sie sich dem zweiten Teil widmen und den Rest der Familia wieder herbringen.

Es wird nicht einfach und sicher noch schwerer als dieser Teil, doch er hat keinen Zweifel, die Trez Surentos werden es schaffen.

Lesen sie weiter in ...

Llora por el amor 5 – De tal palo tal astilla

Jeder Tag vergeht gleich, jeder Tag scheint unendlich hier in diesem Gefängnis, in dem sie mit fast hundert Mann seit eineinhalb Jahren eingesperrt sind.

Paco sitzt mit Miko und Pepo auf Stühlen am Geländer, sie kauen Sonnenblumenkerne gegen die Langeweile, währenddessen beide auf den Dauerregen der letzte Tage starren. Der Hof ist eine einzige Schlammlandschaft geworden. Gegenüber auf der anderen Seite kommen Juan und Chico ans Geländer. »Wie lange wollt ihr da noch herumsitzen?«

Paco schnippt die Kerne auf den Boden und sieht seinen Schwager herausfordernd an. »Wir können ja auch einfach aufstehen und in die Stadt fahren, ein bisschen Unruhe stiften oder ins Kino … oder wie wäre es mit einem kleinen Ausflug nach Puerto Rico?« Chico lacht und Miko neben ihm macht weiter wo Paco aufgehört hat. »Zum Strand, wir sollten zum Strand fahren, oder wir machen einen kleinen Ausflug mit Garcias und seinen Freunden und danken ihnen für die letzten Monate.« Paco schlägt mit ihm ein. »Das ist die beste Idee.«

Chico sieht nach unten zu dem Raum, in dem die Jüngeren gerade um einen Fernseher sitzen und auf der Playstation zocken. »Gleich kommt euer Meister und macht euch fertig.« Miguel dreht sich zu ihm um und fordert ihn heraus, sie geben ihr Bestes, um in der Situation nicht durchzudrehen, doch die Minuten, die sie hier verbringen, fühlen sich immer mehr wie Stunden an, die Tage wie Wochen. Paco kann nicht mehr tun als zu beten, dass es bald ein Ende hat.

Alle blicken verwundert zu dem großen Tor, als es knarrend aufgeht und einige Polizisten eintreten. Die Lieferung wurde gestern gebracht, doch als Garcias in der Mitte eintritt, wissen sie, dass es wieder etwas anderes zu bedeuten hat. Es ist nicht lange her, dass Garcias da war, normalerweise lässt er sich nur alle paar Wochen blicken. Paco ist aber aufgefallen, wie schockiert Garcias beim letzten Besuch war, er hatte erwartet sie hier zu brechen, dass sie sich irgendwann ihrem Schicksal hier ergeben würden, doch das wird niemals passieren und er musste erkennen, dass sie fitter als jemals zuvor sind und ihr Wille hier rauszukommen ungebrochen ist. Alle kommen aus den Räumen und Gängen und richten ihren Blick auf die Wachen und Garcias.

Vielleicht haben sie die Möglichkeit mit ihren Familien zu reden, dass er sie eines Tages hier freiwillig herauslässt, diese Hoffnung macht sich keiner von ihnen mehr. Tito tritt zu ihnen und schnippt abwertend seine Kippe nach unten auf den Hof. »Mal sehen, was der Bastard dieses Mal will!« Als Paco in das Gesicht von Garcias sieht, zieht sich sein Magen zusammen, sein zufriedenes Grinsen verrät, dass er etwas vorhat. Die Wachen und er bleiben ganz am Anfang stehen, sie trauen sich nicht nah genug an sie heran. Wenn Garcias das mal macht und ihnen ein Handy reicht, was sie benutzen dürfen, schickt er einen Polizisten zu ihnen, der von den anderen 20 mit geladenen Waffen geschützt wird.

Paco hat das immer nur grinsend beobachtet. Auch wenn sie hier unbewaffnet sind, hat er noch genug Respekt vor ihnen und das ist gut und richtig so. Wie immer baut er sich auf, als würde er eine Rede vor einem ihm zujubelnden Publikum halten. »Die Herren ...« Er nickt in die Runde. Als er wie immer nur verachtende Blicke erntet, fährt er fort. »Wie ich es mir ja gedacht hatte, lohnt sich das Geschäft mit euch finanziell gut.« Sein Grinsen wird größer. »Um euch auch etwas davon abzugeben, habe ich beschlossen, euch etwas mehr Raum hier zu geben und einige woanders hin zu bringen.«

Paco richtet sich auf, auch alle anderen werden sofort aufmerksam. Er wusste, dass seine Zufriedenheit nichts Gutes zu bedeuten hat. »Einen Scheiß tut ihr!« Juan bringt es auf den Punkt. Sie alle gehen nun nach unten in den Hof. Garcias und die Wachen reagieren sofort, gehen einige Schritte zurück und entsichern die Waffen. Garcias lacht nervös auf. »Für was haltet ihr mich? Einen Unmenschen?« Er hebt beschwichtigend die Hände. Mano wird immer genervter. »Darauf willst du nicht ernsthaft eine Antwort.« Garcias spielt ein ziemlich gewagtes Spiel, wenn er versucht sie zu provozieren, ihre Nerven liegen hier eh schon blank.

»Ich dachte, es würde euch freuen, dass ich mich entschlossen habe, als Dank für eure Zusammenarbeit, einige von euch nach Hause zu schicken. Erst einmal nur drei, aber ich hätte eine andere Reaktion erwartet.« Es herrscht absolute Stille, mit allem hätte Paco gerechnet, aber nicht damit. Und wenn er jetzt in die Gesichter der anderen sieht, weiß er, ihnen geht es auch so. Garcias holt eine Liste heraus und ruft drei Namen auf, es sind die drei Jüngsten von ihnen. Zwei Männer der Puntos, Soran und Jakup, die gerade 18 sind und als er den dritten Namen nennt, schließt Paco die Augen. Es ist Miguel, sein Neffe, der mit 23 der drittjüngste hier ist.

Miguel blickt sich fragend zu seinem Vater und seinen Onkeln um. Paco weiß nicht, ob er sich freuen soll, er hat ein ungutes Gefühl. Er will gerade das Wort ergreifen, da tritt Ramon vor. Er geht immer näher an Garcias heran, sodass die Wachen ihn anschreien, er soll wegbleiben. Auch Paco will gerade los seinen Bruder zurückhalten, als dieser stehen bleibt. Er sieht nicht das Gesicht seines Bruders, auch wenn er von ihnen drei Brüdern der ruhigste und ausgeglichenste ist, doch Paco weiß wie er sein kann, wenn es um seine Familie geht.

»Bei meinem Leben, Garcias, ich hoffe für dich, für deine Seele, für deine Familie und deren Nachkommen, für alles was dir auf dieser Welt etwas bedeutet, dass wenn wir dir diese drei Männer geben, du sie unversehrt nach Hause gehen lässt. Wenn nicht, gnade dir Gott, du hast vier Tage. Vier Tage, in denen wir einen Anruf bekommen, dass sie sicher angekommen sind, ansonsten bricht hier die Hölle los!« Er zeigt auf die Waffen, die alle auf ihn gerichtet sind. »Die werden euch nicht helfen, diese Mauern werden es nicht und selbst eure nächsten Generationen werden darunter leiden, also überleg dir gut, was du vorhast.«

Paco blickt sich zu Rodriguez um, der ihn genauso entschlossen anblickt. Ramon meint es ernst, das wissen sie. Wenn sich die Jungs nicht nach ein paar Tagen melden, wird hier die Hölle ausbrechen, egal wie oft sie sich zur Ruhe beschwichtigt haben, das wird alles ändern. Garcias verzieht keine Miene. »Sie werden in zwei Tagen anrufen!« Ramon nickt und kehrt zu ihnen zurück. Juan schiebt seine Hände in die Hosentasche. Keinem von ihnen gefällt das. Soran und Jakup sehen sie alle aufgeregt an, nur Miguel verzieht keine Miene.

»Ich traue ihm nicht!« Paco bringt es auf den Punkt, als sie alle zusammenstehen. Tito schüttelt den Kopf. »Ich auch nicht, aber es ist die einzige Chance, wenigstens die Jungen hier herauszubekommen. Wer weiß, ob wir noch einmal die Chance haben.« Ramon fährt sich mit der Hand einmal über das Gesicht, man sieht ihm seine Verzweiflung an. »Papa, ich werde nicht gehen, gib den Platz jemand anderem, ich bleibe hier bei euch!« Nun meldet sich Miguel das erste Mal zu Wort. Rodriguez legt den Arm um seinen Neffen und küsst ihn auf die Stirn. »Miguel, du musst gehen, wenn das deine Chance ist hier herauszukommen, musst du sie nutzen!«

Juan sieht zu den beiden jungen Puntos. »Na los, packt eure Taschen zusammen, ich traue dem Mistkerl auch nicht, aber wir haben keine Wahl, wir müssen das Risiko eingehen.« Hernandez nickt zustimmend. »Ich kann mir sehr gut vorstellen, dass Garcias aus Geldsucht endlich auf eines der Angebote der Frauen eingegangen ist. Ich wette, sie haben teuer für die drei bezahlen müssen, ansonsten kann ich mir das nicht erklären.«

Paco kann nur hoffen, dass Hernandez recht hat. Vorstellbar wäre es, Garcias denkt nur ans Geld, vielleicht wollte er schnell an viel herankommen. Ramon schickt auch Miguel seine Tasche packen, noch nie hat Paco seinen älteren Bruder so blass und unsicher gesehen wie in diesem Moment.

Sie haben nicht viel und Garcias deutet an, dass sie sich wegen des Fliegers beeilen müssen. Als sie fragen wohin sie fliegen, sagt er ihnen, dass er sie in das nächste Flugzeug nach New Jersey setzen soll. Jetzt sind sie sich sicher, dass die Frauen dahinterstecken, sie würden niemals direkt New York angeben, durch den Arzt wissen sie inzwischen, dass sie da leben, nur eine der nächsten Städte. Sie alle verabschieden die drei Männer, Paco nimmt Miguel in den Arm und sagt ihm, dass er auf sich und alle anderen aufpassen soll. Ramon umarmt seinen Sohn am längsten, sie sprechen leise miteinander und alle sehen beschämt zu Boden. Paco weiß nicht, wie er bei Leandro reagieren würde, wäre er an der Stelle seines Neffen, er würde ihn aber wahrscheinlich auch gehen lassen, er könnte es sich nicht verzeihen, ihm die Chance auf Freiheit nicht gegeben zu haben.

Sie sehen ihnen nach, als sie neben Garcias durch das verdammte weiße Tor gehen und als dieses hinter ihnen geschlossen wird, tritt Ramon gegen einen der herumstehenden Tische. »Gnade ihnen Gott, wenn sie sich nicht in zwei Tagen melden!«

Die Llora por el amor – Reihe   Sonderausgaben

1. Weine aus Liebe
2. Verschiedene Welten
3. Hass und Liebe
4. Nueva era
5. De tal palo tal astilla
6. Cicatriz

1. Sonderausgabe zu Weine aus Liebe
2. Latizias Weg
3. Dilaras Glück

Das Schicksal hat viele Gesichter, es kann Gutes bringen oder sich deinen Plänen in den Weg stellen. Es ist kein Zufall, dass uns manche Menschen begegnen. Wir lernen und wachsen an unserem Schicksal. Es ist keine Frage, ob dich das Schicksal aufsuchen wird, sondern wie du dann damit umgehen wirst.
Für jeden Menschen stellt sich irgendwann die Frage ...

... Glaubst du an das Schicksal?

www.jaliahj.de